マリベル＝リスグラシュー
フィンド＝
コントレイル
ウィニング＝コントレイル

登場人物紹介
Characters
シャリィ＝ファレノプシス
ロウレン＝シーザリオン

「――《発火・覇《イグニッション・オーバーロード》》」
次の瞬間、
破壊の限りを尽くしていた
渦潮に――大きな穴が開いた。

走りたがりの異世界無双

～毎日走っていたら、いつの間にか世界最速と呼ばれていました～

1

CONTENTS

走りたがりの異世界無双

～毎日走っていたら、いつの間にか世界最速と呼ばれていました～

＊プロローグ＊

生まれつき両脚が不自由だった。

力を入れようとしても入らない。腕は簡単に動かせるのに、脚はピクリともしない。

自在に動かせないのに身体《からだ》にくっついているなんて、ただの鬱陶しい重りである。だから息をしているだけでも——生きているだけでもストレスが蓄積した。

視界に入る全ての人間が、自分の脚で立ち、動いている。

対し、自分は車椅子で動くしかない。

二十年も生きていると悲壮感《ひそうかん》は薄れ、この現実に慣れることができる。

しかし悲しみこそしなくても憧れは続いていた。

なにせ、生まれて一度も歩いたことがないのだ。

生まれて一度も走ったことがないのだ。

ボールを追いかける子供たちのように、部活で汗を垂らす学生たちのように、遅刻しそうになって慌てて家を出る社会人のように、ダイエットのため必死に脂肪を燃やす不摂生な人たちのように

——自分も車椅子ではなく、己の脚で動きたい。

――走りたい。

渇望は幼い頃からずっと胸中に蟠《わだかま》っていた。

心が成長しても、生まれ持った理不尽に慣れても、願いだけは消えない。

走りたい。

自分の脚で動きたい。

この身で存分に風を感じたい。

毎日、そんなことばかり思っていた。

だから――。

＊＊＊

「おぎゃあ！　おぎゃあ！」

赤ん坊の産声が聞こえた。

気になって左右を見るが、視界が変だ。

霞《かす》んでいてよく見えない。

それに全身の感覚も妙である。

浮遊感があって……まるで誰かに抱き締められているかのような。

「おぎゃあ！　おぎゃあ！」

そこで気づいた。

先程から聞こえるこの産声は、自分のものだ。

「メティ！　やったな、元気な男の子だぞ！」

「ええ……本当に、元気そうだわ」

どうやら自分を抱いているのは男性の方らしい。

真下で女性の疲れた声が聞こえる。

「あなた、この子の名前を呼んであげて」

「ああ！」

自分を抱く男性が、涙声で言った。

「ウィニング！　お前の名前は、ウィニング＝コントレイルだ!!」

自分の名前が告げられる。

しかし、それよりも——気になっていることがあった。

（動く……！）

今まで一度も動かなかったものが。

今までずっと、想《おも》いに応えてくれなかったものが——。

（脚が、動く…………ッッ!!）

コントレイル子爵家に生まれた男児、ウィニング＝コントレイル。

彼は後に、自分が貴族の長男に生まれたことや、この世界には魔法や魔物といったファンタジー要素が存在することを知る。

それでも彼の願いは変わらなかった。

剣よりも、魔法よりも、魔物よりも、貴族の責任よりも、優先したいものがある。

その胸に抱く願いは、たとえ異なる世界に転生しても一つだけ。

この世界を――思いっきり走り回ってやる！

やがて『世界最速』、『絶対に倒せない男』、『走る災害』、『破壊の足音』、『空を走る変態』、『海も走る変態』など、様々な異名で呼ばれる男が、産声をあげた瞬間だった。

これは、剣と魔法の世界にて――走ることだけに特化した男の物語。

＊一章＊　天才か変態か

コントレイル子爵家に生まれた男児ウィニングは、よく泣く子供だった。

赤ん坊はよく夜泣きをする。そのせいで育児をする者は夜な夜な叩《たた》き起《お》こされ、睡眠時間を削りながら赤ん坊を寝かしつけなければならないわけだが……ウィニングは決して夜泣きをしない珍しい赤ん坊だった。

代わりに、よく分からないところで泣いた。

「ふおー、むおー（あぁ……はいはいができるって、素晴らしいなぁ）」

両手と両脚を使いながら、床を這《は》う。

己の脚で進む感覚を、ウィニングは噛《か》み締《し》めた。

思えば前世では、はいはいすらできなかったのだ。赤ん坊が成長して身につけるような簡単な移動手段すら、あの時の自分には生涯を賭してもできなかった。

「おぎゃ――！　おんぎゃ――あ!!」

「あらあら、またウィニングが泣いているわ」

「ううむ、怖い夢でも見たんだろうか」

両親が心配して近づいてくる。

いけない、また感激のあまり泣いてしまった。

見た目は赤ん坊でも、精神年齢は赤ん坊ではないのだ。人前で泣くことが恥ずかしいという一般的な感性は残っている。

「ウィニングは本当に可愛《かわい》いわねぇ」

「ああ……それに理知的な目をしている。きっと将来は優秀な領主になるぞ」

親バカな両親がウィニングを見つめていた。

父の名はフィンド＝コントレイル、母の名はメティ＝コントレイルというらしい。

父は髭《ひげ》が立派な灰髪の青年だった。母はサラリとした橙 色《だいだいいろ》の長髪が美しい女性だった。

ウィニングは父の遺伝を受け、灰色の髪をしていた。

ウィニングは母の髪を見る。灰色はともかく明るい橙……前世ではあまり見たことのない髪色だった。

(取《と》り敢《あ》えず、この世界がどう考えても俺の知っている世界じゃないことは分かったぞ)

ウィニングはまだこの世界の文字が読めない。

しかし以前、両親であるフィンドとメティがテーブルに地図を広げていたので、それをこっそり盗み見した。

絶句した。

その地図には、ウィニングが全く知らない大陸と国が記されていたのだ。

明らかに自分の知る世界ではない。

ここは――異世界だ。

（……なんで俺、転生したんだろ？）

ウィニングには、転生する直前の記憶が抜けていた。

地球での日々はちゃんと覚えている。脚が不自由なため、両親はなるべく屋内で過ごしてほしいと言っていたが、ウィニングはたとえ車椅子でしか動けなくても外に出るのが好きだった。

その日は確か学校を休んで病院に向かっていたはずだ。

いつも通り、車椅子に乗りながらぼんやりと外の景色を眺めて――やっぱり走りたいなぁ、なんてことを考えていた。

そこから先の記憶がない。

気づけば自分は、異世界に転生していた。

地球にいた頃の自分はどうなったのだろうか？　死んだのだろうか？　というかそもそも転生って実在したのか。なんてことを考えるとキリがないので――。

（神様が願いを叶《かな》えてくれた、ということにしておこう）

前世は、周りの人に恵まれていた。行きたいところを告げると連れていってくれたし、食べたいものや読みたい本も用意してくれた。家族、親族、数少ない友人、彼らへの感謝を忘れた日はない。

彼らのおかげで人生を空虚に感じることはなかった。

つまり不便はあるが、それなりに満足した日々を送ることができた。

だがある日。

テレビでマラソンの中継を見た時、渇きを自覚した。

己の脚一つで走り続ける彼らは、皆等しく滝のような汗を流していた。ゴールテープを切った走者は倒れるように地面に横たわり、その瞼《まぶた》は震え、唇は閉じることすらままならない様子だった。

今にも死にそうなくらい疲労していたが、この上なく充実しているようにも見えた。

そんな彼らの姿を見て、思った。

自分は今まで、あんなふうに出し切ったことがあるだろうか？

あんなにも命を燃やしたことがあるだろうか？

気づいてしまった。

ああ……自分は、これができないのか。

——悔しい。

以来、走るという行為そのものを渇望するようになった。決して届かない夢を見るのはとても辛《つら》く、時折目を逸《そ》らすこともあったが、それでも渇望が消えることはなかった。

走りたい。ずっと頭の中でそう叫んでいた。

どこまでも、いつまでも、速く、真《ま》っ直《す》ぐ、無限に————。

その願いを、神様が叶えてくれたのかもしれない。

（最高だ）

今世では、きっと走ることができる。

ずっと叶えたかった夢が実現できるのだ。これほど嬉《うれ》しいことはない。

「フィンド様、メティ様。お客様が――」

「ああ、もうそんな時間か。すぐに行くから応接間へ通してくれ」

「畏《かしこ》まりました」

穏やかな雰囲気が、少し忙《せわ》しないものに変わる。

コントレイル家が貴族の家であることも、ウィニングは把握していた。というのも、このように客が訪れることが何度もあったのだ。その客が父のことを子爵と呼んでいたため、爵位の確認もできた。

今のところきょうだいはいないので、ウィニングは自分が子爵家の長男に生まれたことを悟る。

貴族の長男といえば、色々と面倒な制約を受けそうだが……。

（そんなことより走ろう!!）

どれだけ我慢してきたと思っているんだ。

長く積み重なった渇望がやっと叶ったおかげで、ウィニングは前世以上に欲求に従順な性格となっていた。いわば、ずっと目の前にご褒美が吊《つ》るされているようなものである。もうそれしか目に入らない。

（まずは、せめて立ち上がりたいけど……っ）

筋肉がまだついていないためか、どれだけ力を込めても立ち上がることはできなかった。

積み上がった本を支えにして立とうとしても、腕に力が入らない。

もう少し成長するのを待つべきだろうか？

――いや。

幸いこの無力感には慣れているので、どれだけ失敗しても心が傷つくことはない。

挑戦するだけならただだ。何度失敗してもいいから、満足いくまで頑張ることにする。

立ち上がりたい。

そして、走りたい。

そんなウィニングの意志に呼応するかのように――不思議な光が現れた。

（なんだ、これ……？　変な光が、全身に纏《まと》わり付《つ》いてるような……）

虹色の光が、ウィニングの全身に――特に脚の周りに集まった。

直後、変化が起きる。

（お？　おお……っ!?　身体《からだ》に力が湧いてくる……っ!?）

今ならきっと――立ち上がれる！

積み上がった本を支えにする必要すらない。

ウィニングはゆっくり、焦ることなく、丁寧にバランスを取りながら――その二本の脚で立ってみせた。

「おぎゃ――!!（やった――！　立ったぞ――――!!）」

本当は拳を握り締めて天に突き上げたかったが、腕にはあまり力が入らなかった。

ただ、それでも嬉しい。嬉しすぎる。

初めてだ。

前世と今世を合わせても――初めて、自分の脚で立つことができた。

「ウィニングー！　どこで泣いているのー!?」

いつもより大きい泣き声を聞いて、心配性な母メティが駆けつけてくる。

「おぎゃあ――！」

「ああよかった。まったく、いつの間にこんなとこ、ろ、へ――――」

怪我《けが》一つないウィニングを見て、メティは胸を撫《な》で下《お》ろした。

だが次第に、その目を見開き――。

「フィンド!!　フィンド――――!!」

「どうしたメティ！　何かあったのか!?」

「ウィ、ウィニングが、立ってるわ――――!!」

「なにぃっ!?」

ドタドタドタ、とフィンドが足音を立てて駆けつける。

「た、立つって……そんな馬鹿なっ!?」

フィンドは、実際に仁王立ちしているウィニングを見て、目を見開いた。

それはフィンドとメティにとって、有り得ない光景だった。

「まだ生後、一、ヶ、月、だぞ!?」

「おぎゃあ！　おぎゃあ！」

感極まって泣きじゃくるウィニングを、両親は口をポカンと開けて見ていた。

＊＊＊

初めて立ってから半年が経過した。

ウィニングは、母メティに抱えられながら家の庭に出ていた。

「今日はいい天気ねぇ。ウィニングもそう思うでしょう？」

「だっ！」

肯定の意味を込めて、ウィニングは頷《うなず》いた。

「あなた。この前言ってた家庭菜園の話なんだけど、この辺りとかどうかしら？」

「ふむ、日当たりもよさそうだし……作ってみるか」

庭の一角を指さすメティに対し、隣に立つフィンドが掌《てのひら》を地面につけた。

フィンドの掌が、茶色の粒子にふわりと包まれる。

「《土震《クエイク》》」

辺りの地面が揺れ、表面の土が柔らかく耕された。

「いい感じね！」

「まあ、私にはこのくらいしかできないがな」

両手を合わせて感激するメティに対し、フィンドは苦笑した。

——魔法。

この世界には魔法が存在する。ウィニングがそれを知ったのはつい最近だ。

初めて見た時は思わず絶叫してしまった。その後も魔法を見る度に感動していたからか、両親は時折こうしてウィニングに魔法を見せてくれるようになった。

「うー」

「あら、ウィニング？　お外で遊びたいの？」

母の腕の中で軽く身体をひねり、地面に下りたいアピールをすると、その意思が無事に伝わったらしくウィニングは優しく地面に下ろされた。

半年前のことを思い出す。

（多分、あれは魔法だ）

ウィニングが初めて立ち上がった時、全身に妙な光が纏わり付いていた。

あれは恐らく魔法、または魔法の出来損ないだ。

両親が大声を出すレベルで驚くので内緒にしているが、ウィニングはあれ以来、何度か例の力を使って立ち上がっていた。その時に感じる不思議な感覚は、地球では決して得られなかったものだ。

そして、あの力を使う度に身体に纏わり付いていた光の粒子は、先程フィンドの掌に集まった粒子と酷似していた。

よく考えたら、生後一ヶ月の赤ん坊が立ち上がるなんて異常である。

それこそ、魔法でも使わない限り――。

あの力は魔法だ。そう確信した時、ウィニングの頭には更なる希望が生まれた。

魔法を使えば、生後一ヶ月でも立ち上がることができたのだ。

ならば――。

(魔法を使えば、地球でも見られなかったような、物凄《ものすご》い走りができるんじゃないか……!?)

期待に胸が躍る。この世界はどこまで自分を喜ばせる気だ。

「むんっ!!」

気合を入れて、ウィニングは立ち上がろうとする。

あれ以来、ウィニングはあの不思議な力を使って何度も立ち上がっていたが、立ち上がることはできても走ることはできなかった。……どうしても脚が動かなかったのだ。

魔法の問題というよりは、根本的な筋力不足。原因をそう予想したウィニングは、血の涙を流すほど歯痒《はがゆ》い思いをしながら、じっくり身体の成長を待った。

そして今、生後七ヶ月。普通の赤ん坊でも立ち上がれる子が現れる時期になった。

今の自分なら、純粋な筋力のみで立ち上がることができる。

「ぬ、おぉ……っ!!」

ウィニングは魔法を使うことなく、自力で立ち上がってみせた。

身体は順調に、すくすくと成長を遂げている。

今の自分なら――――きっと走れるはずだ！

「あなた！　ウィニングが何かやる気よ！」

「おお、そうだな。何か踏ん張っているように見えるが……」

両親に見守られる中、ウィニングは一歩、一歩と進み出す。

少しずつ地面を強く蹴る。

まだ筋力が足りないのか、身体を弾《はず》ませることができない。

その時――また、あの光が全身を包んだ。

虹色の粒子。どこからともなく現れたこの力が、ウィニングの背中を後押しする。

「ん、あぁあぁあぁあ――ッ!!」

脚の回転が速くなる。歩幅が広くなる。両手は激しく前後に、膝は激しく上下に。

風が両脇を通り抜ける感触がした。肉と骨の軋《きし》む音がした。

走っている。

自分は今――――走っている!!

(やった……)

すぐに膝が震え、ウィニングは地面に転がった。

母が心配して身体を支えてくれる。

間違いなく、今、走った。

じわじわと実感が湧く。

目頭が熱くなった。

(……よかった)

あぁ、と震える声を漏らしながらウィニングは泣いた。

心のどこかで恐れていたのだろう。……この世界でも走れないんじゃないか、この世界は全部夢で、願いが叶う直前で目が覚めてしまうんじゃないか。

その心配は杞憂《きゆう》に終わった。

願いは叶った。

この世界なら――――走れる。

「あなた、今の見た!? ウィニングが走ったわ!」

「ああ、確かに見たぞ。やはりウィニングは天才か……」

親バカ二人の愛情に心から礼を述べたかった。

まだ生後七ヶ月。けれど、ここまで育ててくれて感謝しかない。

しかしこの様子から察するに、どうやら二人にはあの虹色の光は、薄すぎたのか見えていないらしい。

「怪我はしてないかしら。……ウィニング、念のため脚を確認させてちょうだい」

そう言って母はウィニングの脚に触れる。

「……え？」

不意に、母が怪訝《けげん》な顔をした。

「魔力の痕跡……？　ウィニング、あなた今魔法を使ったの!?」

「ま、待てメティ。流石《さすが》にそれはないだろう。誰がいつ教えたというんだ」

「でも今、確かに魔力の感触がしたわ……」

諭そうとする父。しかし母は驚いた様子でウィニングを見つめ続けた。

「フィンド。もしかしたら、ウィニングは本当に天才かもしれないわ」

「……生後一ヶ月で立ったんだ。その可能性は十分あるな」

この日を境に、両親や使用人たちのウィニングを見る目が変わる。

ウィニングは天才なんじゃないか……？

誰もが同じことを思った。

――紋章が現れるまでは。

＊＊＊

ウィニングは五歳になった。

この五年間、とにかく色んなことがあった。

前世では、五歳の頃の自分が何をして何を考えていたのかなんて全く覚えていない。しかし今回の――二度目の人生は赤ん坊の頃から意識がはっきりしていた。

だから分かったが、誰もが覚えていないだけで、赤ん坊はハードスケジュールをこなしているのだ。

特に面倒だったのは挨拶回り。

一歳になった頃、父がウィニングのことを色んな人に自慢したがり、頻繁に外出した。ウィニングは親に抱かれて移動するため体力的な負担はなかったが、精神的に疲れた。貴族だからきっと挨拶も大事なのだろうが、ウィニングはこの五年間で恐らく百人以上の大人と顔を合わせている。流石にげんなりした。

それから、両親に文字を教えてもらった。

何故《なぜ》か言葉は最初から理解できたが、文字は分からなかったので学ぶ必要があった。地球で身につけた母国語が邪魔してこちらの世界の文字には中々馴染《なじ》めなかったが、その代わりに集中力は前世で培ったものを引き継げたらしい。苦戦したのは最初だけで今では同世代の子供たちより遥《はる》かに多くの単語を理解している。

「ウィニング！　そろそろお昼ご飯よ――――！」

「は――――い！」

母が庭に出てウィニングを呼ぶ。

「いやっほ――――――っ!!」

ウィニングは、芝生が一面に敷かれた庭を走り抜けながら家に向かった。

伊達《だて》に貴族ではない。初めて走った時には気づかなかったが、この庭は広大で見晴らしもよかった。隅にはベンチの他に、ブランコなどの遊具もある。……もっとも、それらをウィニングが使ったことはないが。

あれから、ウィニングは毎日のように庭を走っていた。

何度走っても飽きない。朝、目を覚ましてから夜眠るまで、体力が尽きるまで常に走り続けたい。

そんな気持ちが止めどなく溢《あふ》れ出《で》ている。

だが、魔法はもう使っていなかった。

ウィニングは生後七ヶ月の時、魔法（と思《おぼ》しき力）によって、前世を含めて初めて走り出した。

しかし実は、あの後すぐにぶっ倒れたのだ。更に一週間近く高熱にうなされた。

それは生死を彷徨《さまよ》う苦しみだった。

ウィニングは、生まれて初めて死を意識した。

あの苦しみはトラウマとなって、記憶に強く刻まれている。

無理をしてはいけない。

下手すると、今度は脚どころか心臓が動かなくなってしまう。

朦朧《もうろう》とした意識の中、ウィニングを診察した医者は「魔力の枯渇」という言葉を発していた。魔力とは魔法の燃料となるエネルギーで、術者の体内に存在するらしい。あの時の高熱は魔力の枯渇によるものだった。

魔法は思ったよりもデリケートで、リスクがある。

だからウィニングは、無理して魔法を使うことをやめ、時が来るまでは自分の筋力だけで走ることにした。それでも十分楽しいので全く問題はない。

精神年齢は二十《はたち》を超えていても、魔法に関しては初心者だ。

両親から許可を貰《もら》うまでは我慢した方がいいだろう。

(次の目標は、魔法を使って走ることだ。……でも焦らない。時が来るまでは、今の自分にできることを精一杯頑張ろう)

大丈夫、待つのは慣れている。

初めて立ち上がった時から走れるようになるまでの間も、ひたすら待った。

前世では分からなかったが、大事な目標を達成したいと思うなら、待つことはとても大事なのかもしれない。

「ウィニングはわんぱくねぇ」

走る息子を見て、メティは癒やされていた。

「母上！　もう一回走ってきていいですか！」

「お昼ご飯を食べてからにしましょう」

まだ走り足りないウィニングは「ちぇっ」と唇を尖《とが》らせはしたが、母の言葉には従った。

母はいつもおっとりしていて穏やかな性格だが……怒るととても怖いのだ。

母と共に、長い廊下を歩いて食堂へ向かう。

そこには小さな先客が二人いた。

「にーちゃ！」

「にーちゃ！」

二人の男女が目を輝かせてウィニングに近づいた。

「はいはい、兄ちゃんだぞー」

ウィニングは弟と妹の頭を撫でる。

レイン＝コントレイルと、ホルン＝コントレイル。二人は二年前に生まれた双子だった。

レインは父、兄と同じように灰色の髪で、ホルンは母と同じく明るい橙色の髪をしている。

前世できょうだいがいなかったウィニングは、この二人を心底可愛がっていた。

走ることの次に愛している。

「メティ、飲み物を持ってきてくれるか」

その時、食堂に入ってきたフィンドが言った。

するとメティはコップの前に手を翳《かざ》す。

「水くらいなら出すわよ」

メティの掌が水色に輝く。

コップの上に水球が現れ、ぽちゃりと落ちた。

コップの中には、透明な水が揺らめいている。

魔法だ。相変わらず心躍る光景である。

「いただきます」

その後、五人で食事を楽しんだ。

食事が終わった後、ウィニングはすぐに立ち上がる。

「にーちゃ！」

「ごめんよ。そろそろお兄ちゃんはお勉強の時間だ」

弟と妹はウィニングと遊びたがったが、ウィニングは葛藤の末、これを断った。

昼食後――ウィニングはいつも魔法の勉強をしていた。

食べ物の消化中に走ると腹痛がするため、他のことに集中するしかなかったのだ。

「母上。魔法の教科書が読みたいです」

「分かったわ。……はい、これね」

魔法は扱い方を誤れば、極めて危険な事故に繋《つな》がる。

だからウィニングが魔法を学ぶには毎回親の許可が必要だった。魔法に関連する本は、親が手渡した物以外は読んではならないルールだ。

「ウィニング、読み聞かせてあげましょうか？」

「いえ、大丈夫です」

そう言ってウィニングは、黙々と読書を始めた。

しかしすぐに顔を上げ、

「母上。いつになったら魔法を教えてもらえますか？」

「そうねぇ、魔法は危険な技術だし……六歳までは座学だけで我慢してちょうだい？　他の家庭でも同じなのよ」

「…………分かりました」

魔法は許可を貰うまでは試さないと決めている。が、それはそうと許可を貰うための努力はしていた。しかし母は心配性らしく、なかなか頷いてくれない。

ウィニングは「ぐぬぬ」と悔しそうな顔で頷き、読書を再開した。

＊＊＊

黙々と読書するウィニングを、メティとフィンドは見守っていた。

「ウィニングはやっぱり天才ね。まだ五歳なのに受け答えがしっかりしているし、それに魔法に対する興味も凄いわ。将来はとんでもない魔法使いになるわね」

メティは嬉しそうに呟《つぶや》いた。

しかし、

「……メティ。あまりそういうことは言わない方がいい」

フィンドは、ウィニングに聞こえない声量で告げる。

「知っているだろう、ウィニングの紋章は三級だ」

二年前、ウィニングは「紋章の儀式」を行った。

紋章とは、人間が凡《およ》そ三歳頃になると、身体のどこかに浮き出る刺青《いれずみ》のようなものだ。その紋章を確認して解析することを「紋章の儀式」と呼ぶ。

儀式なんて仰々しい名前で呼ばれているが、実際には専門家に紋章を軽く見てもらうだけのこと。

しかしその儀式は、今後の人生を大きく左右するものだった。

紋章の模様によって、その人物の魔法使いとしての才能が調べられる。

ウィニングの才能は——大したものではなかった。

「風と火の二属性持ちだと知った時は私も興奮したが、紋章自体が三級ではどちらも満足に使えない。……あの子には、魔法ではなく政治について学んでもらおう。なに、魔法など使えなくてもいい領主にはなれる」

紋章には一級から四級までの等級があり、数字が小さいほど優れている。

ウィニングの紋章は三級……下から二番目だった。

四級と比べると魔法は使えるが、紋章の絶対数は二級が一番多い。

よって三級は、魔法使いとして活躍の場が殆《ほとん》ど二級以上の者に奪われてしまうため、魔法で生計を立てることが難しい等級なのだ。

紋章からは、その人物が使いこなせる属性も読み取ることができる。

ウィニングは火と風の二属性持ちだった。複数の属性が使える者はかなり珍しい。これだけならウィニングには魔法使いの才能があると言える。

だが、如何《いかん》せん紋章の等級が低いため、たとえ複数の属性が使えても、これでは使いこなせない。

父フィンドは、長い葛藤の末、残念ながらウィニングに魔法の才能はないのだと認めた。

しかし、母メティはまだ諦めていなかった。

「あなた、それは時期尚早では？　ウィニングはあんなにもやる気を見せているのに」

「魔法は才能の世界だ。……残酷だがな」

フィンドは苦虫を噛み潰したような顔で告げた。

フィンドとて、できればウィニングを応援したいのだ。しかし紋章が——絶対的な才能の壁が冷や水を浴びせてくる。

メティもそんなフィンドの心境を察してか、これ以上の反論は止《や》めておいた。

＊＊＊

（あ〜〜〜〜!!　早く実践したいな〜〜〜〜!!）

ウィニングは本を読みながら、溢れ出る衝動を必死に抑えていた。

既に知識は頭の中に入っている。正直、やろうと思えばすぐにできる気がした。

しかし無茶《むちゃ》はしない。

五歳の身体は脆《もろ》いのだ。また以前みたいに寝込んでしまっては元も子もない。

だから今はひたすら我慢して、自分が覚えるべき魔法を本で学ぶ。

（やっぱり一番は身体強化魔法だなぁ。無属性の魔法だから簡単に習得できるし、何よりこの魔法を使いこなせたら今まで以上に走ることが楽しくなるぞ……!!）

身体強化魔法が可能になると、この小さな肉体でも成人並みの速度で走ることができる。

頭の中で夢を膨らませていると、ふと視界の片隅で両親が話し込んでいるのが見えた。

(最近、俺が魔法の勉強をしているとよく深刻な顔で話すようになったな。……多分、俺の紋章が三級だからだろうなぁ)

ごめんなさい。俺は立派な魔法使いにはなれないみたいです。

しかし代わりに弟と妹はどちらも二級の紋章を持っているので、魔法使いとしての名誉はあの二人に譲ろう。

人より手札が少ないという状態は前世で慣れている。

ウィニングにとっては、走れるだけで十分恵まれているのだ。それ以上の幸福は、あれば勿論《もちろん》嬉しいが、なかったとしても不幸に思うことはない。

才能がないならないで、好きにやらせてもらおう。

(魔法を教えてもらえるのは一年後。その前に綿密な計画を立てるんだ。……最初の方針としては、速さとスタミナを無限に伸ばしたい)

世界中を自由自在に駆け回るためには、その二つが不可欠だと思った。

しかし、その二つを極めるにはどれだけの時間がかかるだろうか。

できれば早めに手に入れたい。

(だから、せめて魔力のコントロールだけは先にやらせてもらおうかな)

ウィニングは体内に宿る不思議なエネルギーを操作する。

これこそが魔力。

前世では感じたことのない、不思議なエネルギーだ。

ウィニングはこれを毎日適当に操って訓練していた。右半身に魔力を寄せたり、左半身に魔力を寄せたり、上半身や下半身にも寄せたり、指先に集中して集めたり……。

最初はここまで上手《うま》く操作できなかったが、ここ数日でようやくコツを掴《つか》めたところである。

魔法は使っていないから、父や母に後ろめたい隠し事があるわけでもない。消費していないから枯渇することもない。……まあ敢えて言う必要もないと思うので黙っているが。

そしてウィニングは、ある一つの答えにも至っていた。

この魔力を更に膨らませて、全身を包めば、恐らくあの時と同じように力が漲《みなぎ》るはずだ。

きっとそれが魔法を発動するための条件だったのだろう。

(でも……微妙に感触が違うんだよなぁ)

魔法について知識を得たことで、ふと抱いた疑問がある。

初めて立ち上がった時と、初めて走った時、いずれもウィニングは確実に魔力を運用していた。

だが、その時の感覚と今の感覚が異なる。

あの時に感じた魔力は、自分の体内からではなく……どこか別のところから現れたような気がした。まるで自分のものではないような……。

感覚が異なっていたのはその二回だけだった。他はちゃんと自分の中にある魔力を使っている手応えがある。

あの二回と今で、どんな差があるのか。

もしかしたら、あのトラウマと化した高熱の原因は、魔力の枯渇ではないのかもしれない。

（まあ、いいや）

分からないことは一旦保留にしておく。知識も体力も制限されている今の自分では、たとえ解明できたとしても時間がかかりすぎる。

（脚。とにかく脚だ。脚に自在に魔力を流せるようにしておこう。骨と筋肉、皮膚と爪……全部に流す。この技術は実際に魔法を使う時、きっと役に立つぞ）

起きて朝食を食べたら、体力が尽きるまで庭を走り回る。

昼食を食べたら、本で魔法の勉強をしながら魔力のコントロールを練習する。その後、夕食までまた走り回る。

そんな日々が、暫く続いた。

＊＊＊

一年後。

六歳になったウィニングは、庭で母と向かい合っていた。

「ウィニング。約束通り、魔法を教えるわ」

「やった────────!!」

ウィニングは飛び上がって歓喜した。

遂《つい》に──魔法の授業が始まる。

座学はもう十分である。あらゆる本を読み尽くし、必要な知識はほぼ身につけたと自負している。

ここから先は待ちに待った実践だ。

「まずは《身体強化》から覚えましょうか」

「俺が一番覚えたかった魔法です!!」

「そう、ちゃんと勉強しているのね。ちなみに他には何を覚えたかったのかしら?」

「《脚部強化》と《疾風脚》と《爆炎脚》です!」

「……随分偏ってるわね」

ウィニングの頭には、覚えるべき魔法のリストがズラリと並んでいた。

走るために必要な魔法は全て覚えるつもりである。

「ウィニング、体内の魔力は感じる?」

「はい」

「じゃあ、まずその魔力をぐるぐる回してちょうだい。こう、渦を巻く感じで」

メティの言葉に従い、ウィニングは体内にある魔力で渦を描く。

魔力の操作を続けてきてよかった。ウィニングは一瞬で魔力を渦巻かせることに成功する。

「できました」

「え、もう？　……それじゃあ次は、その渦巻いている魔力を全身に行き渡らせてちょうだい。指先までね」

「はい」

ウィニングは全身に力を入れた。

渦を作らず、普通に全身へ魔力を行き渡らせたらどうなるんだろう？　と疑問に思ったが、恐らく渦を巻いた方が魔力に流れが生まれるのだ。この流れを利用すると、全身へ魔力を広げやすくなるし、出力もきっと向上する。

「全身に魔力を行き渡らせたら、一気に身体の外へ出してみて。一箇所からじゃなくて、ちゃんと全身から同時にね」

「む、むむ、む……っ」

少し難しいことを要求された。

ウィニングは唸《うな》りながら、魔力をコントロールする。

必死な形相をするウィニングに、メティは微笑《ほほえ》んだ。

「すぐにできなくても大丈夫よ。身体強化は無属性の中でも一番簡単な魔法だけど、それでも習得には一週間か二週間くらい——」

「――できました！」

ウィニングの全身を、魔力の鎧《よろい》が覆っていた。

全身に力が漲ってくる。その感覚はやはり、初めて立ち上がった時と初めて走った時とはまた別のもの……ちゃんと自分自身の魔力を使っている手応えがあった。

多分、これが正常なのだろうとウィニングは察する。

「…………え？」

一方メティは、そんなウィニングを見て目を見開いた。

まるで、信じられないものを目の当たりにしたかのように。

「そ、そう。凄い、わね……本当に」

メティは妙に動揺した様子で言う。

一旦メティは深く呼吸して、落ち着きを取り戻した。

「でも、その状態を維持して動けるかしら？」

「え？　……あっ!?」

試しに身体を動かそうとしたら、一瞬で《身体強化》が解除されてしまった。

「難しいでしょう？　魔法は発動だけでなく、その後の制御も難しいのよ」

魔法の発動と、身体を動かすという動作は全く異なる。まるでピアノを弾くように、或《ある》いはドラムを叩くように、一度に二種類の動作をするに等しい行為だ。

悔しい。

正直、この一年間ずっと魔力の操作を練習し続けてきたので、《身体強化》くらいなら簡単に使いこなせると思っていた。しかし発動と維持で別々のテクニックが要求されるとは……完全に想定外である。

折角《せっかく》、この状態で思いっきり走りたかったのに……まだそれは実現できないようだ。

全ては己の未熟さゆえ。

だったら――もっと努力するしかない。

「《身体強化》は一番簡単な魔法であると同時に、発動も制御も学ぶことができる初心者にぴったりの魔法なの。だからまずは、この魔法をしっかり使いこなせるようになってね」

「分かりました」

「それと……ウィニング。魔法の四大要素はちゃんと覚えているかしら？」

「はい。属性、容量、発現量、発現効率です」

「正解よ」

メティは満足げに頷く。

属性は単純に、習得できる魔法の属性を示している。たとえばメティは水で、フィンドは土だ。

メティは水属性の魔法のみを使うことができ、フィンドは土のみが使える。二人とも異なる属性の魔法は習得できない。

ただし無属性の魔法だけは誰でも習得できる。《身体強化》はその一つだ。

次に容量。これは魔法の燃料となる魔力を、どれだけ体内に蓄えられるかを示している。魔法を発動すると体内の魔力を消耗し、最終的にはガス欠……魔法を一切使えない状態になる。

容量が大きければ大きいほどガス欠になりにくい。更に魔法の中には大量の魔力を消耗しないと発動できないものが存在する。いわゆる大魔法と呼ばれるものだ。大魔法は、莫大《ばくだい》な容量を持つ人間にしか発動できない。

発現量は、一度に消費できる魔力の上限を示している。最大火力と言い換えてもいいだろう。たとえ容量がどれだけ大きくても、発現量が小さければ大きな魔法は使えない。

そして発現効率は、いわゆる燃費である。これが高ければ高いほど、少ない魔力でより大きな魔法を発動できる。

「残念ながら、この四つの素質は生まれた時から決まっているわ。紋章の等級がそれを示しているの。でも決まっているのは最大値だけで、最初から全ての能力が高いわけじゃない。だから怠けている一級よりも、真面目に努力した二級が勝ることはある」

敢えて二級で説明したあたり、たとえ死に物狂いで努力しても、四級や三級では怠けた一級にすら勝つことが難しいのだろう。メティは子供が相手でも嘘《うそ》をつくことはなかった。

「ウィニングの紋章は、火と風の二属性持ちという珍しいものだけど、三級だから容量が少ないわ。だから無茶しないでね。魔力が底をつくと最悪、気を失ってしまうから」

「分かりました」

メティの説明にウィニングは頷いた。

(属性魔法は魔力を大量に消耗する。なら俺は、無属性の魔法を学ぶべきだ)

果たしてこの方針が長期的なものになるかどうかは分からない。

いずれは属性魔法にも手を出したいが、先の話は基礎を身につけてから考えよう。

(まずはこの《身体強化》を極めよう……それこそ、眠っている間でも発動できるくらい)

ウィニングは早速、《身体強化》の練習を始めた。

＊＊＊

静かに――子供とは思えないほど深く集中するウィニングを見て、メティは足音を立てずにそっと家に戻った。

家に入ると同時に、必死に抑えていた興奮を解き放つ。

「あなた！」

メティは夫の姿を探した。

執務室に向かうと、資料を探しに部屋を出たばかりのフィンドを見つける。

メティはフィンドに足早に近づいて抱きついた。

「あなたあなたあなた!!」

「ん……おぉ？　わっはっはっは！　どうしたんだメティ。今日は随分と情熱的ではないか！」

久々に妻に抱き締められ、フィンドは大いに喜んだ。

ここ最近、仕事で忙しかったのだ。

しかしメティは、別にフィンドとの愛を確かめ合うために抱きついたわけではない。

「ウィニングは天才よ！」

「……またその話か」

フィンドの笑顔が消える。

フィンドは興奮しているメティに、諭すように語った。

「メティ。子供は個人差が出やすいんだ。たとえ今は優れていても、大きくなるにつれて少しずつ普通になっていく」

「《身体強化》をすぐに発動できたのよ！」

「……なに？」

流石にその言葉には、フィンドも反応せざるを得なかった。

無属性の魔法《身体強化》は、初心者向けの魔法として有名だ。しかし初めて魔法を習得する子供の場合、通常なら一週間から二週間を費やして習得する。

それをウィニングは、たった一日で習得してみせたらしい。

いくらなんでも規格外だ。

「……私の知り合いに、魔法学園の卒業生がいる」

フィンドは顎に指を添えながら言った。

王立魔法学園。そこは魔法を極めるための学び舎《まなびや》と言っても過言ではない。入学試験は勿論《もちろん》、卒業試験も難しく、才気溢れる若者ですら心が折れて中退することも珍しくなかった。そのため王立魔法学園は、卒業すれば輝かしい実績になるが、入学するだけでも十分誇れる教育機関である。

その学園の卒業生ともなれば、間違いなく優秀な魔法使いである。

「折角だ。一度、息子のことを見てもらうか」

＊＊＊

数日後。

ウィニングの前に、一人の男が現れた。

「ロイドだ。今日から三日間、ウィニング坊ちゃんの教師となる」

「ウィニングです。よろしくお願いします」

礼儀正しく頭を下げるウィニングを、ロイドはじっと見つめた。

フィンドの息子らしい、聡明《そうめい》そうな子供だ。

ロイドは先週、フィンドから手紙で「息子の魔法を見てやってほしい」と頼まれた。

ロイドにとってフィンドは、このコントレイル子爵領で共に育った古くからの友人である。自分は平民で、向こうは領主。立場こそ違うが、若い頃から気が合って、大人になってからも助け合うことが多かった。

これでも王立魔法学園を卒業した身。働き口に困ることはないし、金は十分ある。

だが、旧友は金では買えない。歳《とし》を取るにつれてその大切さに気づくことがある。

それに——今まで忙しかったせいで、ロイドはまだフィンドの子供と会ったことがなかった。

だから、頼み事を引き受けることにしたのだ。

「質問です！」

「おう、なんだ」

ウィニングは元気よく挙手した。

ちゃんと母メティの快活さも受け継いでいるようだ。

「父上は正直、俺が魔法を学ぶことに反対してると思うんですが、何故ロイドさんを呼んでくれたのでしょうか？」

「……中々鋭いじゃねぇか」

感心した。

周りをよく見ている子供だ。

フィンドから「ウィニングと話していると偶《たま》に子供であることを忘れそうになる」という話は聞いていたが、早速その片鱗《へんりん》を目の当たりにする。

「まあざっくり言うと、坊ちゃんをどう育てるか悩んでるんだと思うぜ」

「どう育てるか……？」

「坊ちゃん、中々頭が回るみたいだが、貴族の長男ってのがどんなもんか理解してるか？　家督を継ぐために、幼い頃から色んな準備をしなくちゃいけないんだ」

たとえば人脈を築くことだ。ウィニングがもう少し大きくなれば、色んな社交界に顔を出すことになるだろう。

勉強も平民の子供と比べれば沢山しなければならない。領地を経営するための術《すべ》を学ぶ……というのもあるが、社交界で他の貴族たちに実力をアピールするためというのもある。

王族や公爵ならともかく、子爵であるコントレイル家は、そこまで権謀術数に巻き込まれることはない。しかしそれでも貴族は体裁が大事である。自分が見下されるということは、領地が……領民が見下されるということ。当主の失敗は下手したら領民を危険に晒《さら》す。

「しかし坊ちゃんはどうも魔法が得意みたいだ」

「そうなんですか？」

「自覚ねぇのかよ」

やりにくいな、とロイドは内心で愚痴った。

この年齢の子供は良くも悪くも純粋だ。下手に褒めて高慢な性格になられるとフィンドに怒られる。

「正確には、得意かもしれないってところだな。……場合によっては、魔法も本格的に伸ばした方がいいかもしれねぇ。それを確かめるために俺は呼ばれたんだ」

まだお前に才能があるのかどうかは分からないぞ、と暗に伝える。

ウィニングは「ふむふむ」と頷いた。

言外の意味は、果たして伝わっているのだろうか。

「もう一つ質問があります！」

「なんだ？」

「左腕はどうしたんですか？」

「……魔物に噛み千切られたんだ。義手をつけるか迷ったが、重たいし鬱陶しいからこのままにしている」

ロイドには左腕が存在しなかった。

いわゆる隻腕である。

「そういうデリケートな質問は、あまり安易にするもんじゃねぇぞ」

「あ……すみません」

前世では似たような立場だったので、つい気軽に訊《き》いてしまった。

ウィニングは反省する。

「坊ちゃん。好きな魔法はなんだ？」

「《身体強化》です！」

「子供っぽくねぇな。もっと派手な魔法もあるだろ？　火属性なら《炎獄《インフェルノ》》とか、風属性だと《魔嵐《テンペスト》》とか」

「俺の紋章だと、そんな大魔法は覚えられませんよ」

「まあな」

自分の才能には無頓着でも、自分の欠点には詳しいらしい。

それなら少なくとも高慢な性格には育たないだろう。

「じゃあ、《身体強化》を発動しろ」

「はい！」

ウィニングは一瞬で《身体強化》を発動した。

——速い。

普通、これぐらいの子供はもう少し時間をかけなければ発動できない。

勿論、ロイドなら同じかそれ以上の速度で発動できるが、王立魔法学園の卒業生と六歳の子供を比較すること自体、有り得ないのである。

「そのまま維持していろ」

集中の邪魔にはなりたくないので、少し離れた位置へ移動する。

しばらくすると、背後から足音が聞こえた。

「調子はどうだ？」

「フィンドか」

仕事が一区切りついたのだろうか。

休憩がてら息子の様子を見にきたフィンドに、ロイドは説明する。

「取り敢えず《身体強化》を使わせている」

「……使わせるだけか？」

「一番簡単な魔法である《身体強化》も、時間が経つと個人によって色んな変化が起きるんだぜ？　容量が少ねぇ奴《やつ》は単純に出力が下がるし、発現効率の悪い奴は出力が乱れる」

説明しながら、ロイドはウィニングの様子を観察した。

ウィニングの《身体強化》は……今述べたどちらの変化にも当《あ》て嵌《は》まっていない。

「……なるほど、優秀だな。静止している状態とはいえ、時間が経っても出力が全く乱れていない。三級なのが惜しいぜ」

魔力のコントロールが上手いのだろう。

これは将来有望だ。三級でなければ。

しかし――。

（なーんか……脚の方に寄ってねぇか？）

どうも魔力が、上半身ではなく下半身に寄っている気がする。

それで出力が安定しているということは、本人にとってはこれが自然体なのだろう。或いはこの状態に慣れているのか。

「ロイド。私は別に、ウィニングには魔法の才能なんてなくてもいいと思ってる」

ふと、フィンドは言った。

「たとえ才能がなかったとしても、親である私たちが正しく教え、導いてやればいい。……私が不安なのは、ありもしない才能に翻弄されてしまわないかという点だ」

「……なるほどねぇ」

フィンドの考えを聞いて、ロイドは相槌《あいづち》を打つ。

「お前の個人的な願望はどうなんだ？　息子をどうしたい？」

そんなロイドの問いに、フィンドは少し考えてから答えた。

「できれば領主にしたい。ウィニングは賢いからな」

「ああ、それは間違いねぇな」

ウィニングは賢い。

それはロイドも一瞬で察した事実だった。

「加えて言うと……やはり紋章が不安だ」

「……ま、お前さんのこれまでの人生を考えると、そうだろうな」

ロイドは納得した素振りを見せる。

フィンド＝コントレイルの紋章は、ウィニングと同じ三級だった。

だから分かる。三級はある意味、四級よりも厄介なのだ。

なまじ一番下の四級ではないから、中途半端な可能性を夢見てしまう。フィンドもかつてはその可能性に翻弄されて、分不相応にも王立魔法学園の門を叩こうとした。

だが、当然のように入学試験で落ちた。

そして自分と一緒に試験を受けていたロイドは合格した。

苦い記憶だ。

貴族の長男として育てられたフィンドには、貴族としてのプライドがあった。だがあの日、そのプライドをズタズタに引き裂かれてしまった。

結局、その後のロイドの活躍を聞くと、フィンドは己の力不足を認めざるを得なかった。

決して努力を怠ったつもりはない。しかし魔法の世界は残酷だ。

三級と二級の間には、超えられない壁がある。

その壁を痛感したフィンドだからこそ、ウィニングが魔法の道へ進むことには抵抗があった。

「もし坊ちゃんが魔法の天才で、領主になりたくないと言ったらどうする？」

「……その時は、潔く送り出すさ。自分のトラウマを子供に押しつける気はない」

フィンドは静かに答えた。

「だが、貴族の責務も軽いものではないからな。才能がなければ、領主になるための勉強を最優先にする。その場合、魔法は趣味以下に留《とど》めてもらうほかない」

厳《いか》めしい面持ちでフィンドは告げる。

だがロイドはその表情に騙《だま》されず、内心で「親バカめ」と思った。

領主になるか、それ以外の道を進むか……二つの道を用意してくれているだけでも優しい方だ。

いや、緩《ゆる》いと言った方が正しいか。これが伯爵以上になると、子供の自主性なんて殆ど無視される。

長男は家に尽くし、次男は長男に尽くすのが通例だ。

「手紙にも書いたが、俺は他にも仕事がある。教師をずっと続けることはできねぇ」

後頭部をがしがしと掻《か》きながら、ロイドは言う。

「が、この三日くらいならちゃんと面倒を見てやるよ」

「……ああ。よろしく頼む」

フィンドが踵《きびす》を返す。

ロイドは再びウィニングは近づいた。

「坊ちゃん。その状態で動いてみろ」

「はい。……あっ」

ウィニングが一歩踏み出した瞬間、《身体強化》が解除された。

「なるほどねぇ。《身体強化》の発動はできても、制御に手こずっているみたいだな」

「はい。動くと、どうしても途切れてしまって」

「そいつは知識だけじゃどうにもならねぇ。習うより慣れよの領域だ。……効果的な訓練法を教えてやるよ」

フィンドによると、ウィニングは《身体強化》をたった一日で習得したとのこと。

だが発動だけならともかく、制御には少し手こずっているようだ。

実際、《身体強化》は発動よりも制御が難しい魔法である。

通常なら発動するだけで一週間から二週間、完全な制御には二週間から三週間かかる。

(ウィニングの坊ちゃんなら、三日で完全に制御してしまうかもなぁ……)

そんなことをロイドは内心で思いながら、ウィニングに指導した。

――甘かった。

＊＊＊

翌日。

「やっふ――――――っ!!」

ウィニングは《身体強化》を完全に習得できていた。

「……嘘だろ」

子供とは思えない速度で庭を駆け回るウィニングを見て、ロイドは戦慄する。

——成長が早い。

というより、早すぎる。

見間違いかと思い、手の甲で目元を拭った。しかし眼前の光景は変わらない。

ウィニングは元気いっぱいに走り回っていた。

「ロイドさん！　見てください！　階段を一気に跳び越えられます！」

「お、おお、凄いな」

家の中に入ったウィニングは、何度も階段を駆け上っていた。

偶々通りかかった使用人が驚いて花瓶を落としそうになったので、風の魔法で浮かせてやる。

（まさか俺に教師の才能があるとはなぁ……なんつって）

ロイドは一人、乾いた笑みを浮かべた。

自分は特別なことを教えていない。これはウィニングの努力の賜物《たまもの》だ。

一を聞いて十を知るとはこのことか。

目の前の光景にはただただ驚くばかりだが、いつまでも固まっているわけにはいかない。

再び外に出て庭を走るウィニングを、ロイドは冷静に観察した。

（マグレってわけじゃねぇな。明らかに練度が高《たけ》ぇ……どんだけ基礎がしっかりしてんだコイツ。

いる。


本来なら一朝一夕で身につくもんじゃねぇぞ）

存外、ストイックな性格をしている。

これは才能の一言で片付けていいものではない。この少年の魔法には、努力の跡が見え隠れしている。

その努力の結果、ウィニングは《身体強化》の発動が恐ろしくスムーズだった。

多分、息をするかのように《身体強化》の発動と停止を行っている。まるで一流の魔法使いだ。

「坊ちゃん。次は出力を調整してみろ」

駆け回るウィニングに、ロイドは言う。

「地面を蹴る時、一瞬だけ出力を上げるんだ。そうすりゃもっと速く走れるぜ」

「魔法の出力が乱れるのは悪いことじゃないんですか？」

「意図的ならいいんだよ」

「なるほど！」

早速、ウィニングは出力の調整を試みた。

まるで乾いたスポンジのようだ。どこまでも無限に知識を吸収していく。

そして、更に次の日――。

＊＊＊

「ロイドさん！　見てください！　ジャンプしたら屋根まで届きました！」

屋根の上から、ウィニングの楽しそうな声が降ってくる。

「…………は？」

ロイドの顔が引《ひ》き攣《つ》った。

流石に動揺を隠しきれない。

――いくらなんでも成長が早すぎる。

驚愕《きょうがく》のあまり、その場に座り込んでしまいたい衝動に駆られたが、大人のプライドで辛《かろ》うじて堪《こら》えてみせた。

屋根から飛び降りたウィニングは、昨日と同じように庭を走り回る。

跳躍するのが楽しいのだろう。時折ウィニングは飛び跳ねていた。

「ちょ、ちょちょちょ、ちょっと待て！　坊ちゃん！　ちょっと――」

「いやっふ―――――!!」

「待て！　待てって言ってんだろ！　この、クソガ―――待てぇぇッ!!」

全く声が届いていないので、ロイドは追いかけて物理的に止めることにした。

ロイドも《身体強化》を使って走り出す。

だが、おかしい。

有り得ない現実が、目の前に広がっている。

(速《はえ》ぇ！　こいつ、マジで速ぇ……ッ!!)

距離が縮まらない。

昨日ロイドが教えた、瞬間的な出力の調整――それを実用しているのだ。

あと一歩で背中に手が届くと思えば、次の瞬間には遥か先にいる。

子供の追いかけっことはまるで次元が違う。

ロイドは、魔物相手に本気で狩りをしている時のような気分になった。

「――《身体強化・二重《デュアル》》ッ!!」

ロイドの全身を、より強い魔力が覆う。

刹那、ロイドはウィニングと距離を詰め、その腕を摑んだ。

「捕まえ――うおぉぉぉぉぉぉおいおいおいおいおいッ!?」

ウィニングはそこで初めて追いかけるロイドの存在に気づいたのか、急ブレーキをかける。

だがその勢いをすぐに殺すことはできず、ウィニングの腕を摑んでいたロイドは十セコル（十メートル）ほど引き摺《ひず》られる形になった。

屈強な馬に引き摺られたかのようだ。靴底と庭の地面が悲鳴を上げている。

しかしこれで止まってくれた。

ようやく話ができると思ったが——。

「なんですか今の！」

「あぁ!?」

「なんですか今の魔法！　一瞬で凄く速くなりましたよね!?　教えてください！　俺もそれ使いたいです！」

「分かった！　分かったから先に俺の質問に答えろ！」

嵐のような子供だとロイドは思った。

言葉も、振る舞いも。

「坊ちゃん。さっき、何の魔法を使って走った」

「え？　《身体強化》ですけど」

「本当にただの《身体強化》か？」

「正確には脚だけ強化しています。こうすることで普通の《身体強化》よりも出力が高くなるんです」

それは一部の魔法使いにしか実現できない高等テクニックだ。

聞けば今までフィンドたちは、ウィニングに初心者向けの魔法の本しか渡していなかったらしい。

この年齢の子供に対する教育としては間違っていない。が、そのせいでウィニングは高等テクニックを駆使していることを自覚していない。

「ど、どうやって、それを覚えた？」

「自分で考えて身につけました。もっと速く走るためには、脚部の発現量を増やす必要があると思いまして。他の魔法を覚えてもよかったんですけど、できれば使い慣れた《身体強化》を工夫して実現したかったんです」

――独学。

なんてことだ。

王立魔法学園の生徒ですら、それを習得するには時間がかかるというのに。

しかも、この子供は――そんな高等テクニックを駆使しながら、昨日教わったばかりである出力の調整も行っていたのか。

イカれてる――という言葉をロイドは辛うじて呑《の》み込んだ。

友人の子供に掛けていい言葉ではない。

だが、天才という言葉よりはよほどしっくりくる。

＊＊＊

「ちょっとその場で、全力で跳んでみてくれ」

「分かりました」

ウィニングは再び《身体強化》を発動する。

本来なら全身を覆う魔力が、下半身――脚部に集中した。

直後、ウィニングは跳んだ。

コントレイル子爵家の館は、普通の民家とは比べ物にならないほど広くて大きい。だから屋根も高いのだが……それを易々《やすやす》と越えてみせる。

(わけ分からんくらい、出力が高ぇな)

これで三級の紋章とは、信じられない。

ウィニングが着地すると、大きな音が響いた。

「じゃあ、今度は脚じゃなくて腕を強化してみてくれ」

「えっ?」

ロイドは平静を装って、ウィニングに告げた。

しかし何故か、ウィニングはどこか困った様子で視線を左右する。

「えっと、やり方を教えてくれると助かります」

「……やり方?　さっき脚でやってただろ」

「腕の強化はしたことなくて……」

ん?　とロイドは妙な違和感を覚えた。

だが、まだ違和感の正体がはっきりしていないので、一旦頭の片隅に置いておく。

「脚でやる時と同じだ。とにかくやってみろ」

「む、むむむ……っ」

ウィニングは唸りながら全身に力を入れていた。

その腕に魔力が集まっていく。しかし——。

(どういうことだ？　脚の強化は上手いのに、腕の強化は普通だな)

あくまで普通。下手というわけではない。寧《むし》ろ同世代と比べれば優れているだろう。

それでも、脚の時ほど規格外ではない。

手を抜いているというわけではないだろう。

ウィニングの必死な顔を見れば、そのくらい分かる。

「坊ちゃん、普通の《身体強化》を発動してくれ」

ウィニングの全身を魔力が覆う。

しかし、まだ偏りがあった。やはり脚の方に魔力が集中している。

「いや、だから普通にやってくれ。脚だけの強化じゃなくて、全身の強化だ」

「え、普通にやってるつもりですけど」

ウィニングは不思議そうに言った。

そういえば、一昨日《身体強化》を使わせた時も似たような状態だったと思い出す。

「……そういうことか」

魔力回路という言葉が存在する。

これは魔法使いたちの中でも研究肌な者たちだけが使っている、専門用語のようなものだ。

魔力回路とは、肉体に対する魔力の通しやすさの指標である。語感から勘違いされやすいが、物理的に存在するものではなく、あくまで概念だ。

この言葉を知っている者は、魔力を肉体に浸透できることを「回路が開いている」と表現する。より魔力を通せるようになることを「回路を開く」または「回路が発達する」と表現する。

たとえば足の小指まで魔力を通すことができたら、足の小指まで魔力回路が開いていると表現する。

一般的に《身体強化》の発動条件は、全身に魔力を通すことだ。だが実際、本当に全身限《くま》なく魔力を通すことができる者は限られている。大抵は手首と足首までが限界で、指先まで魔力を通すのは難しい。

だがウィニングは、下半身のみ驚くべき精度で魔力を通していた。

即《すなわ》ち――。

――脚の魔力回路だけ、異様に発達している。

そのせいでウィニングは、普通に《身体強化》を発動していても、脚の方に魔力が片寄ってしまうのだ。

（うわぁ……こいつは、マジで分かんねぇな）

本来なら正すべきことだ。このままではアンバランスなまま成長してしまう。

だが、この発達具合は……見たことがないくらい素晴らしかった。

もはや芸術品である。魔法使いなら誰もが目を剝《む》いて見惚《みと》れてしまうだろう。

（このまま伸ばすべきか、それとも矯正するべきか……駄目だ。俺には判断できねぇ）

できないというより――したくない、いい。

多分、この判断はウィニングの未来を左右する。

ウィニングのことを規格外と感じている時点で、自分にその判断を下す権利はないとロイドは考えた。

自分には荷が重い。

どちらを選ぶか……選択によっては歴史を揺るがすほどの劇的な何かが未来で起きるかもしれない。それだけのものがウィニングにはあると、ロイドは感じていた。

「……もうちょい自主練してろ。俺は坊ちゃんの父さんと話がある」

「分かりました！」

ウィニングは背筋を正して返事をした。

ロイドは家に入り、執務室の扉をノックする。「入れ」と声が掛かったので、扉を開いた。

「フィンド。坊ちゃんについて報告だ」

その言葉に、フィンドは仕事の手を止めた。

どう説明するべきか……ロイドは考えながら口を開く。

「結論から言うと、分からん」

「……分からん？」

「ウィニングの坊ちゃんは、ちぐはぐだ。とんでもない才能があるかと思いきや、まあちょっと器用だなと感じる程度のものもある。こいつは俺には判別できねぇ」

魔法使いとしての才能があるのか、それとも異なる何かなのか……。

ウィニングは、速く動くことに関しては既に大人を超えている。

だが、それ以外の分野は多少優れている程度だ。

大物になりそうな予感はある。けれど、具体的なビジョンがどうしても見えない。あまりにも前例がない子供だった。

未来のウィニングは、どうなっているのだろうか。

聡明な領主になるか。

それとも魔法で名を馳《は》せるか。

ロイドは力不足を痛感した。自分はウィニングを導くことはできそうにない。

「フィンド。コントレイル家の伝統行事……今回もやるのか？」

「ああ。私の時と同じように、ウィニングが七歳になったら始めるつもりだ」

「教師は誰を雇うつもりだ。お前の時は、今の俺みたいな魔法学園の卒業生だったろ」

「そうだな。……正直、私はお前に頼めればと思ったんだが」

ロイドは首を横に振った。

「無理だ。ウィニングの坊ちゃんは、俺の手には負えねぇ」

「……そんなにか」

「ああ。雇う教師のレベルを引き上げろ。下手な奴に指導させたら潰れるぞ」

ウィニングに宿る謎の素質か、或いはその教師か……どちらかが潰れてしまうだろうとロイドは踏んでいた。

「紹介してやるよ。こう見えて顔は広いんでな」

「……助かる」

ロイドはフィンドの机に置いてある紙とペンを手に取った。

紹介する相手の名前と住所を書く。

「ちょっとプライドが高ぇかもしれねぇが……この女なら間違いないだろ。なにせ、一時期は世界最強と肩を並べていた奴だからな」

走りたがりの異世界無双

~毎日走っていたら、いつの間にか世界最速と呼ばれていました~

＊ 二章 ＊

主従訓練

七歳になったウィニングは、今までと変わらず走り回っていた。

「本当に楽しいなぁ、走るのは」

ウィニングが今走っているのは、コントレイル家の庭——ではなく、外の森だった。

一年前、三日間だけ自分の魔法を見てくれたロイドという男が、父フィンドに「ウィニングに庭は狭すぎるから外を走らせた方がいい」と進言してくれたらしい。おかげでウィニングは領内をある程度自由に駆け回ってもいいことになった。

ロイドから教えてもらった技術は、今でも活《い》きている。

(前方、問題なし。……やるぞッ!!)

安全確認をして、ウィニングは体内の魔力に意識を向ける。

「——《発火《イグニッション》》ッ!!」

瞬間、ウィニングの身体《からだ》がブレた。

パァン!! という大きな音と共に、ウィニングは超加速する。

別に《発火《イグニッション》》なんて魔法は存在しない。

これはウィニングが勝手に作った魔法というか……自分の中にあるスイッチを切り替えるための、合図のようなものだった。

ロイドから教えてもらった《身体強化》の瞬間的な出力の向上。

これをひたすら磨いた結果、一瞬だけ恐ろしい速度で動けるようになったのだ。

通常の速度とは明らかに一線を画している。

だから、ちょっと中二病っぽいかなと自覚しつつも、わざわざ名前をつけて区別していた。

目にも留まらぬ速さでウィニングが走る、その時——。

不意に、脚に衝撃が走った。

「えっ」

大きな音を立てて、何かが吹っ飛んでいく。

「あれ？　俺、何か轢《ひ》いちゃった？」

ウィニングは恐る恐る、自分が轢いたものを見にいった。

＊＊＊

「魔物を倒した？」

フィンドが微《かす》かに訝《いぶか》しむ。

ウィニングは先程轢いてしまった魔物の死体を両手に抱え、頷《うなず》いた。

魔物は基本的に、人にとって害悪だ。

本能的に人へ襲い掛かるため、遭遇すれば逃げるか倒すか、どちらかを選ぶしかない。そのため魔物を倒すという行為自体には何も問題はない。

（人は立ち入り禁止になっているって聞いてたから、安心して走ってたんだけど……魔物がいるとは思ってなかったなぁ）

なんて、暢気《のんき》なことを考えていると――。

「この魔物を、どうやって倒したんだ？」

「え？　えーっと、その……」

ウィニングは悩んだ。

ここで正直に答えると、前方不注意を指摘されるかもしれない。ただでさえ両親は……特に母メティは、ウィニングが一人で森を走ることに不安を覚えている。

しかしウィニングには、もう家の庭は狭すぎた。

一年前にロイドが予言した通りだ。今、家の庭で全速力を出せば、一瞬で塀にぶつかってしまう。

森で走ることを禁止されては困る。

その一心で、ウィニングは嘘《うそ》をつくことにした。

「ごめんなさい。倒したんじゃなくて、落ちてました」

「……そうか」

フィンドは納得した素振りを見せる。だが内心では不思議に思った。

魔物を倒したと言って、見栄《みえ》を張りたかったのだろうか……？　しかし、ウィニングがそんな狡猾《こうかつ》な考えをするとはどうしても思えなかった。

だから責める気にもなれない。

「あの森には人だけでなく魔物も入れないよう、衛兵に監視してもらっていたが……どこからか入り込んできたようだな。すまない、怪我《けが》はなかったか？」

領主の顔から一瞬で親の顔に変わるフィンドに、ウィニングはやや驚きつつも頷いた。

「大丈夫です。……というか、すみません。そこまで考えてくれていたんですね」

「このくらいは当然だ。しかし……」

フィンドは難しい顔で、言葉を選びながら言った。

「ウィニング。お前はもう少し、次期当主としての自覚を持った方がいい」

「……次期当主、ですか」

ウィニングは視線を下げた。

長男として生まれたウィニングは、フィンドから家を継ぐこと——即《すなわ》ち次期当主になることを望まれていた。

盤石のレールが目の前に敷かれていると言ってもいいだろう。

だがそれはウィニングが望むものではない。

口を噤《つぐ》むウィニングに、フィンドは言う。

「自信がないのか？　安心しろ、この一年でお前には領主の仕事についてもしっかり勉強させたはずだ」

自信の有無ではない。モチベーションの有無だった。

だが、それは——フィンドも薄々気づいている事実だった。

フィンドは、ウィニングを領主にする気満々であるかのように装っていた。

本当はウィニングを魔法の道に進めるべきかどうか、まだ迷っていた。だがそれを態度に出せないのが現当主のしがらみである。フィンドも数多くの領民を抱える貴族。次期当主を育てるという義務を背負った状態で、明らかに領主として大成しそうな長男に向かって「将来は何をやってもいいぞ」「何でも応援するぞ」とは言えなかった。

しかしランニング中毒のウィニングは、正直、領主の仕事をあまりやりたくない。

（レインの方が向いてると思うんだけどなぁ……）

ある日、ウィニングがいつも通りつまらなそうに領主の仕事について勉強している時、レインが近づいてきたことがあった。

レインは、ウィニングが使っている教材を見て……キラキラと目を輝かせていた。外の景色よりも、魔法の参考書よりも、豪華な食事よりも、興奮していた。

しかし、どうやらこの国では一般的に、長男が家督を継ぐらしい。

フィンドにも体裁があるのだろう。できれば長男を当主にしたいという気持ちは分からなくもなかった。

「丁度いい。話がある」

フィンドは他の用件を切り出した。

「お前にはそろそろ、コントレイル家の伝統行事……主従訓練に参加してもらう」

「主従訓練？」

訊《き》き返すウィニングに、フィンドは頷いた。

「我がコントレイル家には、頼りになる二大家臣が存在する。ファレノプシス家とシーザリオン家だ。彼らは古くからコントレイル家へ忠誠を誓っており、どの時代でも力になってくれた。主従訓練とは、コントレイル家の次期当主と、二大家臣の次期当主たちが、互いの顔合わせも兼ねて一緒に訓練する行事のことだ」

コントレイル家の二大家臣については聞いたことがある。

しかし会ったことはなかった。

ウィニングは自分の脚で動くことができるようになってから、とにかく走ってばかりだった。ひょっとしたら向こうはウィニングのことを見たことがあるかもしれないが、ウィニングの方は特に記憶していない。

「ファレノプシス家は代々優秀な魔法使いを輩出し、シーザリオン家は優秀な剣士を輩出している。今回は両家から一人ずつ参加するそうだ。お前はその二人と一緒に訓練を受けなさい」

「魔法使いと剣士が一緒に訓練を受けるんですか？」

「肩書きが違っても共有できる訓練は多いはずだ」

フィンドの端的な答えにウィニングは納得した。

前世の知識があるウィニングは、ついゲームや漫画みたいに、魔法使いや剣士といったポジションには分かりやすい差があると考えがちだった。

現実はそう単純ではない。この世界の魔法使いや剣士といった肩書きの定義はふんわりしていた。たとえば魔法使いは言葉通りだと魔法を使える者になるが、それでは全人類が該当してしまうので少しニュアンスが異なるのだ。

端的に言って魔法使いとは、魔法を主に扱う者のことを指す。

剣を主に扱う者は剣士と呼ばれるし、弓使いや槍《やり》使いも同様だ。彼らも魔法は使える。使えるが、彼らの場合はあくまで補助的な範囲でしか使わないことが多い。

魔法は専門的で奥が深い分野である。だから魔法が誰にでも使えるからといって、魔法使いという肩書きが意味を成さないこともない。魔法使いという肩書きには「自分は魔法という奥深い学問に本気で打ち込んでいるぞ」という、学者らしい響きが伴っていた。

まあ、こういうのは自己紹介みたいなものだろうとウィニングは思った。剣士としての働きに期待してほしければ剣士を自称するし、剣や槍が使えたとしても魔法の分野で働きを期待してほしければ魔法使いを自称するのだ。

ウィニングは剣や槍など他の技術を学ぶ気がないので、一応、魔法使いに該当する。

もっとも、だいぶ破天荒な魔法の使い方をしているが……。

「それに、前衛と後衛の連携を磨くことも目的の一つだ」

「なるほど」

フィンドの補足に、ウィニングはまた頷いた。

それなら一緒に訓練するのも納得である。

「それと、訓練の教師には高名な魔法使いを呼んでいる。紋章は一級、しかも聖王流剣術を奥伝まで修めた人物だ」

聖王流剣術とは何だったか……うろ覚えだが、多分、由緒正しき剣術の流派なのだろう。

ウィニングの脳内は八割くらい走ることで埋まっていた。

「明日、まずは二大家臣と顔合わせする。そのつもりでいてくれ」

「分かりました」

＊＊＊

主従訓練が始まる三日前。

ウィニングはまず、二大家臣から訓練に参加する二人の人物と顔合わせをした。

「シャ、シャリィ＝ファレノプシスと申します！」

「ロウレン＝シーザリオンと申します」

栗色《くりいろ》の髪の少女シャリィと、赤髪の少年ロウレンが頭を下げた。

礼儀正しい二人の振るまいを見て、ウィニングはそういえば自分は領主の息子だったなぁと思い出す。

「ウィニングです。よろしくお願いします」

ウィニングも簡単に頭を下げて挨拶をする。

といっても、こちらは領主の息子なので名前くらい向こうも知っているだろう。

そんな三人の様子を、コントレイル家の当主フィンドは見守っていた。

「彼らはこのコントレイル家の大きな財産となるだろう。きっと将来、ウィニングの力にもなってくれるはずだ」

「はい、父上」

フィンドの話は最小限に留《とど》められていた。

ウィニングたち三人で友好を深めなさい、と暗に言っている。

シャリィとロウレンは、どちらも七歳……ウィニングと同い年らしい。

前世の記憶を持つウィニングはともかく、ロウレンたちも七歳にしてはとても賢そうに見えた。

(は……っ!?　まさか、この二人も転生者……っ!?)

そんな可能性に思い至ったウィニングは、恐る恐る質問した。

「あの、二人の大好物ってなんですか？　ちなみに俺はラーメンが好きなんですけど……」

「ラーメン……？　なんですか、それ？」

ロウレンが首を傾《かし》げた。

よかった。転生者ではない。……多分。

ウィニングは軽く咳払《せきばら》いして、本来する予定だった話題に戻すことにした。

「シャリィさんとロウレンさんは、二級の紋章なんですよね？」

キラキラと目を輝かせて質問するウィニングに、シャリィとロウレンは一瞬だけ無言で顔を見合わせた。

ウィニングの紋章が三級であることは、領民には周知の事実である。

将来ウィニングに仕えるかもしれない身として、二人は自分たちの方が優れているとは言いにくかった。しかしやがて、目を輝かせているウィニングに何も答えない方が居たたまれない結果になると悟る。

「は、はい。その、僭越《せんえつ》ながら……」

「その通りです」

肯定する二人に、ウィニングは更に興奮した様子を見せた。

「紋章が二級だと、やっぱり凄《すご》い魔法を覚えられるんですか!?」

「どうでしょう……俺は剣術を優先的に学んでいるので、魔法は今のところ普通だと思います」

ロウレンがシャリィを一瞥《いちべつ》するが、シャリィはぶんぶんと首を横に振った。

シャリィは魔法使いとして育てられているため、魔法をひたすら学んでいる。しかしまだ凄いと言われるような魔法は習得していない。

「魔法の凄さだけなら、ウィニング様は二属性持ちとのことなので、混成魔法を使えると思いますが……」

混成魔法とは、複数の属性を混ぜ合わせて使用する魔法のことだ。

火属性と風属性の混成魔法だと、たとえば炎の竜巻を生み出すものなどがある。

しかし──。

「うーん、俺は紋章が三級だから、混成魔法は燃費が悪すぎるんですよね」

というよりそもそも──ウィニングはまだ《身体強化》しか使えなかった。

走るための魔法があればなんでも覚える予定だが、この《身体強化》という魔法はとにかくコスパが良すぎるのだ。存分に走り回れたらそれでいいウィニングの場合、《身体強化》さえあれば大体満足できる。

「ウィニング様。俺たちを相手に敬語は不要です」

ロウレンが真面目な顔で言った。

ウィニングは返答に悩み、父フィンドの顔を見る。

フィンドが頷いた。

「分かった。じゃあもう少し気楽に話すよ」

ウィニングとしても、この方が気楽だ。

肩の力を抜いたウィニングは、改めて二人の顔を見て――。

「ところで二人とも、走ることに関連した魔法でオススメのものってある？」

よく分からない質問をした。

＊
＊＊
＊

顔合わせが終わった後。

ロウレンとシャリィは、領主の館を出て帰路についた。

「……やっぱり、変わった人だったな」

小さな声でロウレンは呟《つぶや》く。

「ロウレンさん、ウィニング様のことを知っていたんですか？」

「逆にお前は知らなかったのか？」

そう尋ねると、シャリィは困ったような顔をした。

シャリィは今までウィニングのことを何も知らなかったらしい。

「ウィング様は、日中ずっと領内を走り回っていることで有名だ」

「走り回ってるって……忙しいってことですか？」

「そうじゃなくて、言葉通りただ走っているだけだ」

わざわざ補足しないと伝わらない辺り、ウィニングの行動が異端であると分かる。

「向こうは気づいてないと思うけど、俺は何度か見たことある。……毎日飽きることなく、凄くいい笑顔で走ってるんだ。もう楽しくて楽しくて仕方ないって感じで。ただ走ってるだけなのに、なんであんな顔ができるのか、正直よく分からない」

だからロウレンは、最初からウィニングのことを変人だと思っていた。

そしてその予想は正しかったと証明された。

今日の顔合わせ、色々と会話したが……多分ウィニングにとっては最後の質問以外どうでもよかったんじゃないだろうか。紋章について訊いてきたことも、全部最後の質問をするための布石だったような気がする。

いやしかし、一番気になったのはそこではない。

――紋章の話題は本来、もっとデリケートに扱うものだ。

なにせ紋章は、才能を可視化したものと言っても過言ではない。だから他人の等級を訊くことにも、自分の等級を語ることにも慎重になるのが普通だ。

しかしウィニングは、当たり前のように自分の紋章は三級であると語った。

領主の息子だから、領民には知れ渡っているだろうと思ってのことかもしれないが……それにしても赤裸々すぎる。

所詮、三級。隠すほどのものでもない。そう思っているのだろうか？

だがそれにしては、後ろめたさや卑屈さを感じない。

まるで紋章なんて——魔法の才能なんてどうでもいいと思っているかのような。

変な人だ。

変な人だが……高慢ちきな主君ではなくて安心した。

「走るのが好きってことは、ウィニング様は戦いの際も前線を張るタイプなんでしょうか……？」

「いや、流石《さすが》にそれはないだろう。ウィニング様は三級の紋章だ。戦いは俺たちが受け持つことになると思う」

別に走るのが好きなだけで体術が得意なわけではない気がする。

冷静に告げるロウレンに、シャリィは気を引き締めて頷いた。

二大家臣の次期当主として、コントレイル家の次期当主ウィニングを全力で守らなければならない。二人には既にその覚悟ができていた。

「噂《うわさ》によると、ウィニング様が本気で走れば魔法学園の卒業生ですら追いつけないと聞いたことあるが……流石にそれは誇張だろうな。普段もちょっと速い程度だし、趣味の範疇《はんちゅう》だろう」

ロウレンは、いつも領内を自由に走っているウィニングのことを思い出す。

一度だけ、ウィニングが自分の全速力と同じくらいの速さで走っている光景を見た。多分、あれがウィニングにとっての全力だろうとロウレンは予想する。

三級の紋章では、それほど大きな力は出ない。

「じゃあ、私たち三人の関係は、私たちの親と同じようなものになりそうですね」

「そうだな」

コントレイル子爵家の当主と、ファレノプシス家の当主、そしてシーザリオン家の当主。

この三人は、コントレイル子爵領を守るために特別強い絆《きずな》で結ばれることになる。

ウィニングの親であるフィンドと、ロウレンたちの親は今もその絆で子爵領を守っていた。

フィンドの紋章は三級であるため、あまり戦いが得意ではない。だから今は、有事の際は二大家臣が中心となって戦う手筈《てはず》となっている。

ウィニングがコントレイル家の当主になれば、きっと二大家臣である自分たちは親と同じような役割を受け持つことになるだろう。

——後に、二人は考えを改めることになる。

ウィニングは決して、後方で大人しく待機して守られるタイプではない。

むしろ目を離せば、一瞬で姿を見失ってしまうような……とんでもない主君だった。

＊＊＊

主従訓練が始まった。

基本的にウィニングは、走ることが好きすぎて相対的にそれ以外のことには興味がなくなってしまう性分だが、それでも今回の訓練は楽しみにしていた。

父フィンドによると、今回の主従訓練には高名な教師を呼んでいるらしい。

一体どんな知識を教えてくれるのか……その知識を得て自分の走りはどれだけ進化するのか、楽しみで仕方なかった。

ウィニングは二人の従者……ロウレン、シャリィとコントレイル家の庭で待機していた。

しばらくすると、一人の女性が長いローブを風に揺らしながら庭にやってきた。

「はじめまして、皆さん。マリベル＝リスグラシューです」

艶《あで》やかな藍色の髪を、膝の裏あたりまで伸ばした女性だった。

この女性が、これから半年ほど続く主従訓練の教師だ。

紋章は一級。

更に由緒正しき聖王流剣術の奥伝。

完璧な才女である。魔法に対する造詣が深いだけでなく、剣術も一級品。これほどの教師、世界中を探し回っても替えを用意するのは難しい。

一体、父はどうやってこれほどの人物を招致したのだろう。

ウィニングは父の人脈に感心した。

「ウィニングです」

「シャ、シャリィです！」

「ロウレンです」

ウィニングたちがそれぞれマリベルに挨拶する。

「では、マリベル殿。後は任せた」

少し離れた位置からウィニングたちの様子を見守っていたフィンドが、軽く頭を下げる。子爵家当主というそれなりの地位に君臨するフィンドだが、マリベルもまた高名な魔法使い。礼儀を欠くことはできないと判断したのだろう。

フィンドはそのまま立ち去ろうとして――最後にウィニングの方を見た。

「ウィニング」

名を呼ばれたウィニングは、不思議そうに目を丸くする。

「私はお前をあくまで次期当主として育ててきた。対し、シャリィとロウレンは、我がコントレイル家の鉾《ほこ》となるよう育てられてきた」

ウィニングは無言で頷いた。

それは、まあ、知っていることだ。

フィンドは続ける。

「だから、あまり気にする必要はない。……スタートが違うのだ。差を感じたとしても、これから追いつけばいい」

「えっと……はい。分かりました」

正直何が言いたかったのか分からなかったが、自分の身を案じてくれていることだけは伝わったので、ウィニングは頷いた。

仕事があるフィンドは庭を去って家に戻る。

その背中が見えなくなってから、マリベルは改めて口を開いた。

「さて。これから私たちは半年という長い期間の付き合いになりますが、依頼主のフィンド様からはできる限り貴方《あなた》たちを鍛えてほしいと言われています。なので早速、訓練を開始しましょう」

マリベルは淡々とした性格なのかもしれない。

どこかビジネスライクな雰囲気だとウィニングは感じた。

「まず、三人にはそれぞれ得意なものを見せてもらいましょうか。魔法でも剣術でも、なんでも構いません。相手が必要なら私が協力します。……さあ、順番はお好きなようにどうぞ」

マリベルの言葉を聞いて、ウィニングたちは沈黙した。

臆しているわけではない。何をすればいいのか分からないので悩んでいる。

「ウィニング様。まずは俺からやらせていただいても？」

「あ、うん。いいよ」

一番手を名乗り出たのはロウレンだった。

ロウレンはマリベルの前に出る。

「シーザリオン家の剣術は、不可視の一太刀を理想としています。端的に言うと、透明化と高速化
……この二種類の魔法を組み合わせた剣術です」

「……いいんですか？　あまり他言するべきではない情報な気がしますが」

「貴女《あなた》にならば開示してもいいと家の許可を得ています。なにせ貴女は、かの聖王流剣術の使い手
……ご指導、期待しています」

どうやらシーザリオン家も、マリベルの実力は認めているらしい。

剣術のネタを隠すことよりも、それを明かして更なる飛躍を求めているのだろう。

「いきます」

そう言ってロウレンは、鞘《さや》から剣を引き抜いた。

ロウレンが披露したのは、剣術の演武だった。

習得したあらゆる技を繋《つな》ぎ合《あ》わせ、流れるように次々と繰り出していく。

途中、ロウレンの剣が消えた。

かと思いきや、次の瞬間には剣が現れる。いつの間にかロウレンは剣を振り抜いた後——即ち、

斬った後だった。

常に不可視というわけではない。だがここぞという瞬間、ロウレンの剣は透明化し、更に高速化する。

中々恐ろしい剣術だ。

取《と》り敢《あ》えず……見世物向きではない。

何故《なぜ》なら、剣が消えて現れる度に何が起きたのかよく分からなくなる。現にシャリィは先程からずっと目をパチパチとさせて混乱していた。

一方――ウィニングは、目をキラキラと輝かせている。

「……以上です」

ロウレンが演武を終えてお辞儀した。その頬《ほお》からは一筋の汗が垂れている。

直後、ウィニングは大きく口を開き、

「――凄い！」

心の底からロウレンを称賛した。

仕えるべき主《あるじ》からの素直な称賛を受け、ロウレンは内心で喜んだ。

ロウレンにとって剣術は最も努力した分野であり、アイデンティティと言っても過言ではない。

だからそれを認められると心の底から嬉《うれ》しくなる。

ただ――。

「どうやったらあんなに速くステップを刻めるの!?　右に跳んだかと思えば左に屈《かが》んで……魔法？　それとも筋力!?」

ウィニングの称賛は若干、剣術から逸《そ》れていた。

しかしロウレンはそれ以上に——今の指摘が具体的すぎることに疑問を抱いた。

「あの……見えたんですか？」

「え？」

「俺、透明化の魔法は剣にしか使っていませんけど、高速化は全身に使ってたので、わりと速く動いたと思うんですが……」

ロウレンの説明に、ウィニングは首を傾げた。

「速かったけど、見えたよ」

事実のみを口にするウィニングに、今度はロウレンの方が不思議そうな顔をした。

なんだろうか、この筆舌に尽くしがたい感覚は……ロウレンは訝しむ。

「悪くないですね」

その時、マリベルが短く告げた。

ロウレンの気が引き締まる。

「シーザリオン家の剣術というものを私は今まで知りませんでしたが、実用的で非常に面白いと思います。ウィニング様が仰《おつしや》っていたようにステップの刻み方も独特でそれ自体がフェイントとなりますし、剣の透明化が一瞬だけなのも効果的です。相手を混乱させることができる緻密な剣術ですね。称賛に値します」

「あ、ありがとうございます」

マリベルのべた褒めに、ロウレンは驚きつつも頭を下げた。

代々家門で研鑽《けんさん》し続けてきた剣術が、これほどの高名な人物に褒められたのだ。シーザリオン家の次期当主として誇りを抱くロウレンにとってこれほど嬉しいことはない。

「まあ私の方が凄いですが」

呟くような、小さな声が聞こえたような気がした。

その声を発した本人と思《おぼ》しきマリベルの方を振り向くと、彼女は先程と何ら変わらぬ淡々とした表情を浮かべていた。

……ん？

ウィニング、ロウレン、シャリィの三人は、妙な違和感を覚える。

が、まだその正体を摑《つか》みきれなかったので、一先《ひとま》ず脇に置いておいた。

「えっと、じゃあ次は私が……」

シャリィが恐る恐る挙手して、マリベルの前に立った。

シャリィは気弱な少女というより、緊張に弱いタイプだ。ウィニングと初めて会った時も、随分ぎこちなく挨拶をしていた。

しかし、そんなシャリィにも得意なことはある。

魔法だ。

「ファレノプシス家の魔法は、長距離の砲撃を得意としています。なので、そういう魔法を見せられたらと思います……」

そう言ってシャリィは、腰のベルトに吊《つ》るしていた杖《つえ》を手に取る。

バチリ、と音がした。

シャリィの握る杖の先に、電流が走る。

どうやら彼女は雷属性の紋章を持っているらしい。

「いい魔力の収束です。私に撃ってみてください」

「え!? い、いいんですか……？」

「はい」

マリベルの提案に、シャリィは驚きつつも従うことにした。

「──《稲妻砲《ラウルガ》》ッ!!」

閃光《せんこう》が迸《ほとばし》る。

収束した電気が、まるでレーザーのように射出された。

瞬間、マリベルの正面に水の盾が生まれた。

まるで水面のようなその盾に、雷の砲撃が直撃する。

砲撃はバチバチと音を立てながら、水面に吸い込まれていった。

「凄い……！」

またしてもウィニングは目を輝かせた。

そんなウィニングに、シャリィは恥ずかしそうにするが、

「俺もあんなふうに、もっと速く走りたい……ッ!!」

やはりウィニングの着眼点はどこか独特だった。

「見事です」

マリベルが評価を下す。

緊張するシャリィに、マリベルは続けた。

「長距離射撃ではなく砲撃と口にしていたのは、精密さを極めた上で威力も落とさないという非常に難しい目標を掲げているからでしょう。ファレノプシス家には、そのためのノウハウが蓄積されているようですね。魔力を一点に収束させる技術も、練り上げられた発現量も、どちらも素晴らしいものでした」

「あ、ありがとうございます！」

シャリィは嬉しそうに頭を下げる。

「まあ私の方が凄いですが」

マリベルが小さな声で呟いた。

ウィニングたちは再び「ん？」と首を傾げる。

さっきから、この呟きはどういう意味なのだろうか。

呟くタイミングが妙なので、挑発されているようには感じない。

むしろちょっと面白いとさえ感じる。

そして、どこか……自分に言い聞かせているようにも聞こえなくもない。

「では、最後はウィニング様。貴方の番ですね」

マリベルがウィニングを見る。

ウィニングは微かな緊張と共に頷いた。

「──はい！」

＊＊＊

マリベル＝リスグラシュー（21歳）はプライドが高い。

その理由は、生まれ育った環境にある。

一級の紋章を持って生まれたマリベルは、幼い頃から将来を有望視されていた。属性こそ一つだけ──水属性しか扱えないが、マリベルはひたすら研鑽を続け、遂《つい》には現存する水属性の魔法使いの中でも一番の実力者と言われるようになった。

しかし、そんなマリベルの隣にはいつだって一人の女性がいた。

エマ＝インパクト。今では世界最強と言われる女である。

マリベルとエマが初めて邂逅《かいこう》したのは、十二歳の頃。

とある国の魔法学園に入学した時のことだった。

その魔法学園では、入学試験で最も優秀な成績をおさめた生徒を新入生代表として、入学式で挨拶させる仕来《しきた》りがあった。

マリベルは間違いなく、自分が新入生代表に選ばれると思っていた。

しかし、選ばれたのはエマだった。

以来、マリベルとエマは犬猿の仲として学園生活を送る。

実際はマリベルの一方的な競争心しかなくて、エマはただひたすら己の魔法を磨くことのみに注力していた。それがマリベルにとって余計に腹立たしかった。

学園にいる間、マリベルは幾度となくエマと比較された。

そしてその度に「エマと比べるとなぁ」と、マリベルの努力を否定されてきた。

挑み、破れ、挑み、破れ、また挑み、また破れ――。

何度も挑み続けたその末に、マリベルは思う。

――逃げよう。

学園を卒業したマリベルは、すぐにその国を去った。

エマがいない場所では、いつだってマリベルが一番だった。

一番はいい。皆に褒められる。長い間、ずっと求めていたものがそこにはあった。

この時、マリベルは十八歳。

およそ六年間、万年二位のコンプレックスを抱えていたマリベルの価値観は、ちょっと歪《ゆが》んでしまっていた。

しかしその一年後。エマが世界最強の異名を得るに至ってしまう。

これによってエマの噂は世界各地にまで轟《とどろ》いてしまった。——勿論《もちろん》、マリベルが暮らしている街にも。

斯《か》くしてマリベルは、エマの噂が聞こえない場所を求めて各地を放浪する。

マリベルはエマの噂から逃げるように、ひたすら旅を続け……辿《たど》り着《つ》いたのが、このコントレイル子爵領だった。

旅の途中、少しだけ話したことのあるロイドから「暇だったら雇われてくれねぇか？」と誘われたことが切っ掛けである。ルドルフ王国のコントレイル子爵領……そういえばまだ足を運んだことがない場所だと思い、気分転換がてら承諾した。

（いいですね、コントレイル子爵領は。程よく長閑《のどか》で、領民の人数も程々で……ここなら私が一番になれそうです！）

マリベル＝リスグラシュー（21歳）。

思春期のコンプレックスから、未《いま》だ抜け出せていない女だった。

「では、最後はウィニング様。貴方の番ですね」

「はい！」

ウィニングがやる気を見せる。

順番が悪かったな、とマリベルは内心で思った。

正直、先の二人はどちらも優秀だった。

ロウレンの剣術は実用的だ。幼い頃から筋肉をつけすぎると発育に支障をきたしてしまうので、マリベルはこの少年にどのくらい筋肉を鍛えさせるか悩んだが、ロウレンの剣術は筋肉ではなく全身のしなやかさを軸としている。……なるほど、これなら年齢を考慮せず技術を叩《たた》き込《こ》むことができるだろう。

シャリィの魔法も見事なものだった。

魔力の繊細なコントロールは、才能では手に入らない。長い年月をかけて地道に習得するものだ。

しかしシャリィは既に大人と同程度のコントロールを身につけていた。紋章は二級とのことだが、恐らく発現効率はかなり向上しているはず。状況によっては一級の紋章持ちにも勝てるだろう。

（まあ私の方が上ですけど！）

マリベルは自尊心を保った。

他人と比較され続けてきたマリベルは、すっかり自らも誰かと比較する癖がついてしまった。

「ウィング様は何をするんですか？」

「走ります！」

「走る……？」

それだけ……？

首を傾げるマリベルに、ウィニングは頷く。

「今から俺は全力で走るので、マリベル先生には俺を捕まえてもらえればと思います」

「……つまり、鬼ごっこですね？」

「はい！　あ、魔法とかは全然使ってもらってもいいので！」

ウィニングが自分なりに考えた特技を披露する方法だった。

その提案を聞いて、マリベルの中にある競争心が燃える。

（……面白いですね。私に勝負を挑むとは）

学生時代、永遠に二番手だったマリベルは勝利に餓《う》えていた。

たとえ子供が相手だろうと負けるつもりはない。

「いつでもどうぞ。私の準備は終えています」

杖を構えてマリベルは言った。

まあ、万全を期してウィニングが動く前にあちこちへ罠《わな》を仕掛けてもよかったのだが、流石にそれは遠慮しておいた。相手は子供。そこまでしなくても余裕で勝てる。

「分かりました。では――いきます」

ウィニングは小さく息を吐く。

次の瞬間――マリベルの目の前で、大きな爆発が起きた。

＊＊＊

「――っ!?」

唐突な爆発に、マリベルは正面に水の盾を生み出した。

鬼ごっこだと言ったのにまさかの攻撃――見た目によらず、ウィニングはとんでもない悪ガキなのかとマリベルは疑う。

しかしふと違和感を覚える。

展開した水の盾には衝撃がこない。どうやら先程の爆発は、正しくは突発的に生じた爆風だったらしい。

ならばこれは、恐らく攻撃ではない。

巻き上がった砂塵《さじん》が消えた後、マリベルは眉を顰《ひそ》めた。

ウィニングが――消えた。

「こっちですよ――っ!!」

「な……っ!?」

遠くからウィニングの声が聞こえ、振り向いたマリベルは絶句した。

ウィニングはいつの間にか、五十セコルも離れた位置にいた。

まさか、先程の爆風は……。

ただ走っただけで起きたというのか……？

「く……っ！」

マリベルは瞬時に《身体強化》を発動し、ウィニングを追う。

しかし再び爆風が放たれたかと思うと、ウィニングはまた遠くへ移動していた。

――速い。

信じられないくらい、速い。

困惑したマリベルは足を止める。

二人の鬼ごっこを眺めているロウレンとシャリィにいたっては、開いた口がふさがらないほど驚いていた。

(随分、前情報と違いますね……っ)

フィンドから聞いた話によると、ウィニングは走ることが好きで、もしかしたら魔法の才能があるかもしれない子供とのことだった。

依頼を仲介してきたロイドは「余計な先入観を与えたくない」と言って何も教えてくれなかった

ので、マリベルはウィニングのことを少し優秀な子供程度にしか考えていなかったのだ。

蓋を開けば、とんでもない子供だった。

適当に捕まえて終わりだと思っていたが、そう簡単にはいかないようだ。

「――《身体強化・二重《デュアル》》ッ!!」

無属性魔法《身体強化》を二重に発動する。

マリベルは今度こそウィニングを捕まえようとしたが――距離が中々縮まらない。

(向こうは普通の《身体強化》なのに、まだ追いつけない……ッ!?)

だが速度では並びつつある。

マリベルは回り込んで、ウィニングに近づいた。

するとウィニングが跳躍する。

「跳ん――高ぁっ!?」

あっという間にコントレイル家の館の屋根に上ったウィニングは、脇目も振らずに逃げていった。

「…………いいでしょう。認めます」

己を落ち着かせるために、マリベルは敢えて口に出して言う。

認めなくてはならない。

この勝負、真剣にならなければ負ける。

「貴方は速い。ですが……私の魔法は、それを凌駕《りょうが》します」

マリベルは深く呼吸して、集中力を研ぎ澄ませる。

杖の持ち手側を、トンと地面に当てた。

「――《水軟樹《ウィテル》》ッ！」

マリベルの正面に、水の樹木が屹立《きつりつ》した。

瞬間、樹木を中心に地面から大量の水の根が出現し、その全てがウィニングへと迫った。

鞭《むち》のようにうねる水の根を、ウィニングは速さだけで避けようとする。

しかしその時、マリベルが杖を振った。

「花咲けッ!!」

うねる水の根の表面に、無数の花が開いた。

花弁が飛び散り、その一つ一つが威力のある水の弾丸と化す。

「え――っ」

想定外の角度から攻撃され、ウィニングは対応が遅れる。

それはウィニングが今まで見たどの魔法よりも自由度が高かった。

驚きと戸惑いが、ウィニングの足を鈍くする。

そして、それこそがマリベルの狙いだった。

たとえ足が速くても――判断が遅ければ意味はない。

踏んできた場数が違う。

マリベルがもう一度杖を振ると、空中に飛散している水の花弁が一斉に破裂した。

飛び散る水飛沫《みずしぶき》が、極小の弾丸と化してウィニングを襲う。

水はウィニングに触れた瞬間——まるで泥のように粘度が高くなった。

「うわっ!?　ネバネバ!?」

ウィニングが驚愕《きょうがく》する。

ネバネバの水がウィニングの身動きを少しずつ封じていた。

あと数秒も経《た》てばウィニングは指先一つ動かせなくなるだろう。

マリベルは勝利を確信した。

しかし、その時——。


——マリベルは見た。


ウィニングの脚に魔力が集中する。

三級の紋章では保有できる魔力の上限が低い。故に大量の魔力が集中しているわけではなかったが——全身に行き渡っていた魔力が、微細な取りこぼしもなく一瞬で脚部に凝縮されるという、そのあまりにも滑らかな魔力制御は見惚《みと》れてしまうほど美しかった。

脚に収束した魔力は、更に極限まで練り上げられ——。

「《発《イグニッ》――――あ駄目だ」

何かが起きることなく、練り上げられた魔力は霧散した。

呆気《あっけ》にとられるマリベルの前で、ウィニングはネバネバの液体に全身を囚《とら》われ動けなくなる。

「……私の勝ちですね」

「はい……参りました」

マリベルの勝利宣言に、ウィニングはがっかりした様子で肯定する。

しかしマリベルは釈然としていなかった。

まるで勝った気がしない。

「貴方……最後に何かしようとしていませんでしたか？」

「ああ、えっと、もっと速く走ろうと思ったんですけど、これ以上は庭が壊れちゃうので……」

「…………まだ、速くなるんですか」

マリベルは驚愕した。

どうやらウィニングは環境面に配慮した結果、手札を切れなかったらしい。

もっとも、その点においてもマリベルは勝っていた。

マリベルが杖を軽く振ると、水の樹木と根が消える。地面は濡《ぬ》れているが破壊の跡は一切なかった。マリベルは最初から庭を壊さないよう注意していたのだ。

（この速さは普通ではありません。元の身体能力がずば抜けて高いんでしょうか？　……いえ、そ

れだけで片付く話ではありませんね）

項垂《うなだ》れるウィニングを、マリベルは無言で見つめながら考えた。

（……まあ今はいいでしょう。遅かれ早かれ詳細は分かるでしょうし……それに、まだ私の方が速いですしね！）

ふふん、とマリベルは一人、得意気な顔をする。

伊達《だて》に六年間、後に世界最強と呼ばれる女と張り合ってきたわけではない。

この世界にはウィニングが知らない魔法がまだまだある。

機動力ならともかく、最高速度なら……まだマリベルに分があった。

自分が七歳の頃はどうだったか——その思考はすぐに打ち切る。

考えてはいけない。勝ちは勝ちなのだ。

「三人の長所はよく理解できました。これからよろしくお願いいたします」

丁寧に告げるマリベルに、ウィニングたち三人も頭を下げた。

そんな子供たちを見て、マリベルは機嫌をよくする。

（教師の仕事なんて一度も引き受けたことはありませんが……なかなか悪くないですね！　だって皆、私より格下ですし！）

マリベルは格下しかいない環境では強かった。

しかし流石に、優秀な魔法使いでも未来までは読めない。

マリベルは、目の前にいる三人の子供……特にウィニングと、これから半年どころか何十年にもわたる付き合いになるとは思ってもいなかった。

＊＊＊

主従訓練が始まって、早くも一ヶ月が経過した。

マリベルは――もう心労が限界に近かった。

「ウィニング様、もう一度挑戦しましょう」

「はい！」

森の中にある開けた場所で、ウィニングとマリベルは向かい合っていた。

この森はかつてウィニングがひたすら走り回っていた場所だ。最初の顔合わせ以来、マリベルは「庭を壊してしまうから」という理由で、この森を訓練に使っている。

「では……《炎弾《ファイラ》》を発動してください」

マリベルの指示に、ウィニングは頷いて掌《てのひら》を前に突き出した。

「《炎弾《ファイラ》》――ッ!!」

炎の弾丸を放つ、火属性で最も簡単な魔法――それが《炎弾《ファイラ》》だ。

ウィニングは火と風の紋章を持っているため、火属性の魔法が扱える。

無属性魔法《身体強化》をあそこまで卓越した技巧で制御できるなら、《炎弾《ファイラ》》くらい簡単に発動できるはずだとマリベルは読んでいた。

しかし、ウィニングの《炎弾《ファイラ》》は――。

「……あれ？」

ウィニングの掌から、炎がにょろっと出る。

そのまま炎は地面に落ちて、じゅう、と音を立てて土を焼いた。

「そんな、馬鹿な……」

また失敗だ。

何度やっても《炎弾《ファイラ》》が成功しない。

数え切れないほどの失敗に、マリベルは悔しそうな顔をする。

一方、ウィニングは申し訳なさそうな顔をした。

「で、ではウィニング様、次は剣術の練習をしましょう！」

マリベルが水で剣を生み出す。

ウィニングも、傍《そば》に置いていた鞘から剣を引き抜いて対峙《たいじ》した。

「いきますよ！」

「はい！」

マリベルがウィニングへと肉薄し、右薙《な》ぎの一閃を放った。

これを半歩下がることで避《よ》けたウィニングの目前に、今度はマリベルの突きが繰り出される。

「そこです！　そこでカウンターを！」

マリベルが指示を出す。

カウンターは、相手の動きを読む洞察力と、その上で敢えて踏み込む胆力が要求される技術だ。

しかしこれは模擬戦。

この練習をする時、マリベルは二撃目で顔に向かって突きを繰り出すと宣言しているため、洞察力はいらない。しかもマリベルは本気ではないので胆力もいらない。

それでも――。

「せいッ!!　………あれ？」

ウィニングの手から、剣がすっぽ抜ける。

刃引きされた剣が、からんと音を立てて地面に落ちた。

「また、失敗……」

ウィニングよりも先に、マリベルが落ち込んだ。

「すみません。俺の覚えが悪くて」

「……いえ、流石にここで貴方のせいにするほど、私は落ちぶれちゃいません」

と口では言いつつも、マリベルは既に挫《くじ》けそうだった。

この一ヶ月――ウィニングの進歩は思ったよりも遅かった。

ロウレンとシャリィは予定通り、着々と育っている。ロウレンは剣士として、シャリィは魔法使いとして、それぞれ新しい技や戦術を身につけていた。

しかし、ウィニングだけが思うように成長しない。

魔法と剣術、どちらも教えたものを全然習得できていなかった。

「全員、集合してください。休憩がてら今後の方針を話し合いましょう」

近くで剣の素振りをしていたロウレンと、魔法で的当てしていたシャリィがやってくる。

「ロウレンさん、素振りの調子はいかがですか？」

「……五回に一回くらいの頻度で、しっくりくることがあります」

「上々ですね。以前も言いましたが、まずロウレンさんには剣を真《ま》っ直《す》ぐ振れるようになってもらいます。剣筋の僅かなぶれ、これを修正すれば力の分散を抑えることができ、より少ない力で硬いものが斬れるようになるでしょう。まずは真っ直ぐの感覚を身体で覚えてください。二回に一回はその感覚になれるよう、素振りは継続しましょう」

はい、とロウレンは真面目な声音で返事をする。

「シャリィさん、貴女にはひたすら的当てをさせていますが、少し精度が落ちてきていますね。理由は分かりますか？」

「そ、それは……魔力の消耗による疲労で、集中力が切れているからでしょうか？」

「ちゃんと自己分析できていますね。ですがそれで集中が切れてはいけません。長距離砲撃というスタイルを貫くなら、貴女に求められるのは継戦能力ではなく、戦いにケリをつけるための一撃です。疲労を感じているなら、魔法の発動に時間がかかってもいいんです。時間はかけていいので、代わりに確実な一撃を放てるようにしてください。……次は的との距離を二倍にしてみましょうか。時間よりも精密さを意識してくださいね」

は、はい……！　とシャリィは緊張した面持ちで頷いた。

「そしてウィニング様についてですが……取り敢えず、剣術の訓練はやめてもいいですね」

マリベルは淡々と告げる。

「剣の才能はないですか」

「はい」

きっぱりとマリベルは肯定した。

そもそもウィニングが剣と魔法、二つの訓練を受けているのは、父フィンドがウィニングに対して「折角《せっかく》だから剣も学んでみるといい。己の得手不得手を知るのはいいことだ」と言ったからだ。剣の道へ進むことは適《かな》わなかったが、父の目論見《もくろみ》通り得手不得手は知ることができたので、訓練の目的は達成したと言える。

「そして、魔法の才能についても……」

そこまで言って、マリベルは一度口を閉ざした。

何か拭えない疑問でもあるのか、それとも言いにくいから口を噤んだのか。……傍《はた》からは後者に見えた。

「あ、あの！　私、ちょっと調べてみたんですけどっ！」

気まずい空気を破るように、シャリィが少しだけ声量を大きくして言った。

「その、ウィニング様は、魔力回路がまだ開いていないのではないでしょうか……？」

恐る恐る尋ねるシャリィに、マリベルはゆっくり口を開く。

「開いては、います」

「う……そう、ですか」

シャリィは申し訳なさそうな顔をして、唇を引き結んだ。

「というか、魔力回路なんて専門用語、よく知っていますね」

「えっ!?　そ、それは、あの、えっと……っ」

マリベルの素朴な疑問に、シャリィはちらちらとウィニングを見ながら狼狽《うろた》えた。

その視線の意味を察したウィニングは、やんわりと笑みを浮かべる。

「ありがとう。わざわざ調べてくれて」

「は、はい……す、すみません」

頼りない主のために自ら調べてくれたのだろう。俺には勿体《もったい》ないくらい、よくできた従者だなぁ
……と、ウィニングはほんわかした気分になった。

「でも、それならどうして上手《うま》く発動できないのでしょう？　《炎弾《ファイラ》》は《身体強化》と消耗もそ

こまで変わりませんし、発動できてもおかしくないと思うのですが……」

ロウレンも不思議そうに言う。

二人は、ろくに魔法を習得できないウィニングを見下してはいなかった。

ただ、心底不思議に思っていた。

(ロウレンさんとシャリィさんが、特別優秀なだけでもあるんですけどね)

マリベルは内心で呟く。

前提として、マリベルは魔法にせよ剣術にせよ、子供が修めるには難しい技を三人に習得させようとしていた。だから本当はできなくても当然なのだ。《炎弾《ファイラ》》は確かに簡単な魔法だが、七歳の子供が「発動できないのはおかしい」なんて発言する方がおかしい。

マリベルは、改めてウィニングを見る。

(開いては、いるんですよねぇ……)

魔力回路。

その概念は勿論マリベルも知っていた。

当然、ウィニングが回路を開いているかどうかも確認済みだが――。

(……なんで下半身だけ開いてるんですか)

マリベルは頭を抱えた。

マリベルは当初、ウィニングのことを発現効率の高い子供だと認識していた。

紋章は属性の他に、容量、発現量、発現効率の最大値を示す。だがこれらは均等に伸びるわけではなく、個人によって伸びしろにはばらつきが生じるのだ。

ウィニングは初めて会った時の鬼ごっこで、ただの《身体強化》なのに凄まじい出力を出していた。だからウィニングは発現効率が伸びやすい体質なのだと推察した。

しかし、ウィニングの発現効率が高いのは下半身……脚部だけだった。

生まれ持った体質なら、こんな歪《いびつ》な形に成長することはない。通常なら下半身だけでなく全身の発現効率が同時に高くなっていくはずだ。

これは体質ではない。努力だ。ウィニングは下半身の魔力回路を強引にこじ開けたのだ。

マリベルの雇い主であるフィンドは、ウィニングのことをもしかしたら魔法の才能がある子供かもしれないと評価していた。

今ならば、その評価を訂正できる。

ウィニングに――魔法の才能はない。

だが、それを補うものがある。

「……ウィニング様の魔力回路には、偏りがあります」

マリベルは現状判明している事実を伝えることにした。

「紋章が属性、容量、発現量、発現効率の最大値を示しているのは知っていますね？」

三人の教え子が頷く。

「ウィニング様は脚部のみ、その発現効率が一級の紋章持ちにも匹敵しています」

その言葉を聞いて、ロウレンが首をひねる。

「それは、おかしくないですか？　紋章が示す最大値を超えているような気がします」

「上半身の分を、下半身に回しているんですよ」

端的に答えたマリベルは、すぐに補足した。

「魔力回路を開く位置は、訓練次第で調整できます。最大値が決まっている以上、数を増やすことはできませんが、特定の場所に密集させることはできるんです。だからウィニング様が《身体強化》を発動すると、魔力が脚に片寄ってしまう。……本来なら全身を薄い装甲で覆うような魔法が、ウィニング様の場合、脚だけ巨大な甲冑《かっちゅう》を装備しているようになるんです」

ロウレンとシャリィが真顔で納得した。まさか、そんな理屈だったとは……。

一方ウィニングは「ちょっとかっこいいなぁ」と暢気に考えていた。上半身は服だけ、脚はごてごてした装備。ソシャゲにありそうなデザインだなぁ、と思う。前世では病室での生活が長かったウィニングは、インドア系の趣味に詳しかった。

その時、ロウレンがうずうずと何か言いたそうにマリベルの方を見た。

「あの、魔力回路を偏らせることって、俺にもできますか？」

「オススメしません。……男の子は一点集中とか特化って言葉が好きですね」

「うっ」

ロウレンの顔が引《ひ》き攣《つ》る。

生真面目な彼の、珍しい一面を見ることができた。

「魔力の流れがアンバランスになると、一般的な魔法の習得が困難になってしまいます。そもそも魔法は、魔力の流れが正常な人を想定して開発されていますからね。……正直、それを考慮しても《炎弾《ファイラ》》くらいは習得させる自信があったのですが、ウィニング様は私の想像以上に回路が偏っていたみたいです」

「すみません」

「謝る必要はありません。メリットもあるのですから」

マリベルは、ロウレンとシャリィを見る。

「これは決して簡単に手に入るものではありません。毎日魔力を一箇所に集め続け、食事中も睡眠中も維持するよう努める。その状態で何年も過ごし続けることでようやく実現します。……魔力のコントロールがどれだけ精神を磨《す》り減《へ》らすかは、皆さんもご存じでしょう？　私の友人が一度これを試みましたが、一年と経たずに病んでしまいました」

ロウレンとシャリィが、ごくりと唾を飲んだ。

「そんなものを一体どうやって身につけたのか……ウィニング様、お答えいただけますか？」

ロウレンとシャリィも興味津々といった顔つきでウィニングを見た。

しかしウィニングは、ははは笑いながら答える。

「いやぁ、それが自分でもよく分からないんですよね」

ロウレンとシャリィは絶句した。

マリベルの目は死んだ。

こいつ、今の話聞いてたか？

「もっと速く走りたいなぁ、って思ってたらいつの間にかこうなっていました！」

「……元気に言うことではありませんよ」

マリベルは額に手をやった。

（いい加減、認めるしかないようですね……）

マリベルは目の前の少年を、理解した。

（ウィニング様は――走ること以外に興味がない!!）

マリベルは天を仰いだ。

ウィニング＝コントレイルは、走ることを愛している。

魔力回路が偏ったのもこの特殊すぎる趣味が影響しているのだろう。年単位で精神を磨り減らして魔力をコントロールするなんて苦行、普通の子供に耐えられるはずがない。それを乗り越えられたのは、ウィニングの走ることに対する愛が上回ったからである。

ウィニングにとってそれは訓練ではないのだ。

走るのが好きだから、とにかく走り続けただけで。

走るのに必要だから、勝手に身についただけで。

より速く、より長く走り続けるために、ウィニングはひたすら《身体強化》を発動していたのだろう。ウィニングの魔力回路は、修業ではなく必要に駆られて勝手に開かれていった。

(無自覚にこういうことをできる人が……まさか、あの女以外にもいるなんて)

マリベルは知っていた。努力を苦にしない人間のことを。努力を努力と思わず「ただ好きなことをやっているだけ」と言いながら、とてつもない研鑽を積める奴《やつ》がいることを。

世界最強の人間は、そうして生まれたのだ。

この少年は……彼女に似ているところがある。

マリベルの全身が粟立《あわだ》った。

天才だと思った少年は、天才ではなかった。決して才能に恵まれているわけではなかった。

だが——化け物かもしれない。

とてつもなく地道な修練を、とてつもない集中力で続けてきたのだろう。

しかも、ウィニングはまだ七歳だ。マトモな思考を持ったのは何歳くらいだろうか。それから現在に至るまでの数年間で、これほど魔力回路をこじ開けられるなんて未だに信じがたい。

あの速さを、才能ではなく努力で手に入れたのか?

目の前にいる純朴そうな少年は、本当に努力だけでこの境地に到達したのか?

その精神力は驚嘆に値するが、同時に違和感も覚える。

……何故、ただの子供がそのような信念を持っている？

その精神力はまるで——何十年もの間、ずっと溜《た》め続けてきた執念のようだ。

（しかし……このままではいけません）

あの女の目指す境地は、まだ共感できる範囲内だった。しかし目の前の少年は違う。ウィニングは、このままではただ速く走れるだけの人間になってしまう。

教師の役割を担うマリベルにとって、それは看過できなかった。

（この子を育てるのは、骨が折れますね）

前例がないから、参考にするべきものがない。

上等です、とマリベルは内心で思う。

天才魔法使いとしてのプライドがマリベルの中で迸《ほとばし》った。常人なら匙《さじ》を投げるであろうウィニングの教育を、なんとしても遂行してみせよう。そんな決意を抱く。

「ウィニング様。貴方が今、一番学びたい魔法は何ですか？」

「《身体強化・二重《デュアル》》です！」

ウィニングは即答した。

「ロイドさんにも教えてもらったんですけど、上手くいかなかったんですよね。……あと、ロウレンが使っている高速化の魔法、《加速《アクセル》》も気になります」

「なるほど。ちなみに何故それらの魔法を覚えたいんですか？」

「もっと速く走れそうだからです！」

「正直でよろしい」

その素直な性格だけは称賛しよう。

「ウィニング様。私は貴方を、次期当主に相応《ふさわ》しい人物にしてほしいと頼まれています」

神妙な面持ちでマリベルは言った。

勿論、そう依頼したのはウィニングの父であるフィンドだ。

（厳密には、まだ迷われているみたいですけどね）

恐らくフィンドは、まだウィニングの育て方を決めあぐねている。

でなければ――私に依頼なんてしない。

マリベルは剣も魔法も一級品の、いわば武闘派である。そんな自分をわざわざ呼び寄せて教師をするよう依頼したということは、きっとフィンドはこの主従訓練の中で、ウィニングの行く先を見極めたいのだろう。

やはり貴族としては、できれば次の当主になってほしいようだ。だから「貴族の次期当主として育ててほしい」と頼んできた。

依頼を受けた身として、その気持ちを無下にすることはできない。

「フィンド様は、領主が戦う必要はないと考えている方です。しかし最低限の……一般教養と言われるレベルの魔法は修めてほしいとも仰っていました。たとえば《炎弾《ファイラ》》は、身を守るための必要最低限な武器となるでしょう。ウィニング様は魔力がアンバランスですが、それでも努力次第では普通の魔法も習得できます」

だから、できれば他の魔法も覚えてほしい。それが依頼主《フィンド》の意思である。

しかしその訓練をした上でなら——多少は本人の希望に寄り添ってもいいだろう。

「私も仕事ですから、引き続きウィニング様には基本的な攻撃魔法を優先的に覚えていただきます。……それが終わった後は、個人的にウィニング様が覚えたい魔法も教えましょう」

「ほんと!?」

「ええ」

キラキラと目を輝かせるウィニングを見て、マリベルは「提案してよかった」と思う。

「ですから今後も、めげずに頑張りましょう。……お互い」

この少年に普通の魔法を習得させるのは、かなり苦労しそうだが……。

先に自分の心が折れてしまったらどうしよう。

マリベルは引き攣った笑みを浮かべた。

＊＊＊

「では、約束通り……ウィニング様のやりたいことにも協力しましょう」

「お願いしますっ！」

その日の訓練が終わった後、マリベルはウィニングに対して個別指導を始めた。

夕焼けの陽光が森の木々を照らす。暗くなる前にはウィニングを家に帰らせなければならないため、それほど時間は取れない。

「習得したい魔法についてはは聞きましたが、そもそもウィニング様が魔法に求めているものは何でしょうか？」

「走ることに役立つものであれば、なんでも学びたいです」

魔法であれ、その他の技術であれ。

ウィニングは単純な回答を述べた。

「ウィニング様、念のためお伝えしますが、移動系の魔法なら他にも色々ありますよ？　たとえば《転移《テレポ》》とか……」

「それはあんまり興味がないです。俺はあくまで、自分の脚で動きたいので」

「ですよね。そんな気はしていました」

この一ヶ月で、マリベルもウィニングのことをより理解していた。

ウィニングは目的地を見据えて走っているわけではない。

走ること……即ち、移動すること自体に楽しさを見出《みいだ》している。

「どの魔法を覚えるか考える前に、一度、本格的にウィニング様の魔力回路を調べさせていただきます。……《身体強化》の共鳴をしてみましょうか」

そのためにもまず、共鳴の説明をするべきか。

マリベルはそう思ったが、

「共鳴……自分と他人の魔法を、重ね合わせることですね。出力などが大幅に上がるけど、同じ練度の魔法でないと上手くいかないという」

ウィニングは共鳴という現象について、完璧に理解していた。

「その通りです。……ウィニング様は博識ですね」

多分、《身体強化》について調べる過程で得た知識だろう。

主従訓練は実技だけでなく座学も行っている。この座学で一番の成績をおさめているのは、意外にもウィニングだった。

今思えば、それもまた才能ではなく努力の片鱗《へんりん》である。

才能があって苦もなく成長できたなら、知識なんて仕入れなくてもいい。

「では、まずはウィニング様から《身体強化》を発動してください。私もすぐに、合わせるように強化します」

「はい」

ウィニングの全身が魔力に包まれた。

マリベルもすぐに《身体強化》を発動する。

「手を出してください」

ウィニングが右手を出した。

マリベルは、その突き出された掌に自分の掌を重ねる。

――共鳴。

二人以上の人間が同種の魔法を使った際、それを重ね合わせることで双方の出力を向上する技術だ。ただしこれは、二人の元々の出力が同じでないと成功しない。

マリベルはこの技術を、ウィニングの《身体強化》の出力を調べるために用いた。

ウィニングと掌を重ねながら、マリベルは自身の《身体強化》の出力を上げ下げして調整する。

ウィニングとの共鳴が始まれば、その時点の自分の出力がウィニングの出力だと分かる。

ただし――《身体強化》で共鳴する場合、全身の出力が一致してないと共鳴ができない。

(こ、これは……)

掌から、ウィニングの魔力回路の凄まじさが伝わってくる。

上半身は特に問題ない。だが下半身の出力をもっと上げなければ、ウィニングと共鳴できそうにない。

マリベルは脚部により多くの魔力を流した。――まだ足りない。もっと流す。それでも足りない。

普段の三倍以上、魔力を流しているが……まだウィニングの出力には届かない。

――アンバランスすぎる。

まるで針の先に立っているかのような不安定感。

これ以上、脚に魔力を流しすぎると平衡感覚が崩れてしまいそうだ。マトモに立つことすらできなくなる。

「わ、分かりました。もう大丈夫です」

「え？　でもまだ共鳴できていませんが……」

「できないことが分かりました。それだけでも十分な収穫です」

どうやってウィニングはこれで安定しているのか、不思議で仕方なかった。

「一度、ウィニング様の全速力を見せていただいてもいいですか？」

「はい」

ウィニングの《身体強化》の出力を……脚部の魔力回路を正確に測ることは諦めた。

こうなったら、実際に目で見て概算するしかない。

マリベルの目の前で、ウィニングは改めて《身体強化》を発動する。

直後、ウィニングの脚部に一瞬で全ての魔力が凝縮された。

「――《発火》《イグニッション》ッ!!」

それはまるで、ウィニングの脚部で魔力が爆発したかのような現象だった。

パァン!!　と大きな音が森に響き、枝葉が揺れる。

「なっ!?」

大気の振動を感じながら、マリベルは目を見開いた。

それは、目にも留まらぬ速さ。鬼ごっこの時の、数倍近い速度でウィニングは走っていた。

「は、速い……まさか、私よりも……？　ぐぬ、ぬぬぬ……っ!!」

マリベルの競争心が燃えた。

思い出す学園での日々。座学でも実習でもそれらの試験の時でも、いつだってエマ＝インパクトは目の前でマリベルの成績を超えていった。

あの時の屈辱が蘇《よみがえ》る。

また二番なのか？　ここでも一番にはなれないのか？

一通り走ってきたウィニングが、マリベルのもとへ戻ってきた。

「どうだったでしょうか？」

「ちょちょちょ、ちょ━━━━っと待ってくださいね!!」

今のマリベルに、ウィニングへアドバイスする余裕はなかった。

マリベルは両手で杖を構えながら、集中する。

「《身体強化》に加え、《加速《アクセル》》、《水靴《ウォルシュ》》を疑似共鳴で重ねがけして、推進力に《水流波《ウォルジェ》》を加えて……」

マリベルの全身を魔力が包み、更にその脚には水の靴が現れた。

「──いきます」

瞬間、マリベルの背中と足から勢いよく水が噴射する。

それは先程ウィニングがやってみせた、魔力の爆発に近い現象だった。

マリベルは走っておらず、低空での跳躍を繰り返すように動いていた。

しかし、その速さは――僅かにウィニングを超えている。

「やった――！　私の勝ちっ!!　私が一番ですっ!!」

ウィニングよりも速く動けたことに、マリベルは本気で喜んだ。

ぴょんぴょんと飛び跳ね、込み上げる嬉しさを全身で表現した後、

「――――はっ!?」

すぐ我に返る。

なんて、大人げない真似《まね》をしたのだろう……。

「こ、こほん。すみません、取り乱しました」

マリベルはわざとらしく咳払いする。

しかしウィニングは、そんなマリベルを軽蔑するどころか、尊敬の眼差《まなざ》しを注いでいた。

「先生、凄いです！　どうやったらそんなに速く動けるんですか？」

「ん、んふふふ……それはまた、後ほど教えましょう」

教え子の純粋な称賛に、マリベルは気分がよくなった。

しかし今の技術を教えるとしたら、それなりに長い時間を要するだろう。

ただでさえ複数の魔法を、更に特殊な技術で重ね合わせて調整したのだ。この理論を理解するには膨大な予備知識が必要になる。

そんな仰々しい魔法まで使って、七歳児に張り合おうとしたという事実はさておき、マリベルはウィニングの長所をより伸ばす方法を思いついた。

「ウィニング様、貴方に教える魔法を決めました」

そう言ってマリベルは、近くにある木の幹に片足をあてる。

マリベルはそのまま、重力に逆らうように、ゆっくり木の幹を歩いて上った。

「こんなのはどうでしょう」

「おおおおおおっ!!」

「《吸着《ソープション》》という無属性魔法です。速く走るための魔法ではありませんが、これが使えると壁や天井も移動できますよ」

「覚えたいですっ！」

＊＊＊

翌日。

「マリベル先生！　見てください！」

「はいはい、なんですか？」

「壁走りの術！」

「えええええええええええっ!?」

コントレイル家の館の壁を思いっきり走るウィニングを見て、マリベルは驚愕した。

ウィニングは無属性魔法《吸着》《ソープション》を完璧に習得していた。

まだ《炎弾》《ファイラ》は全然習得できていないのに、脚を用いた魔法……走ることに関連した魔法だけ、異様に習得が早い。

「お見事です。……《吸着》《ソープション》の習得もそうですが、その状態で既に走れるとは、流石に驚きました」

「《身体強化》を併用してみたんです。《吸着》《ソープション》だけだと足が壁にくっつくだけだから、姿勢を保つことが難しくて……」

それを今日、教えるつもりだったのに。

二つの魔法を併用することはしばしばある。しかし《身体強化》と《吸着》《ソープション》は、どちらも脚部に作用する魔法だ。作用する箇所が重複すると魔法の制御が一層難しくなるのだが、ウィニングはこの問題を容易《たやす》く解決していた。

「この《吸着》《ソープション》って魔法、面白いですね」

ウィニングが、自分の脚を見ながら言った。

「魔力を流すほど吸い付く力が強くなり、魔力を止めると吸い付く力が弱くなる。これを応用したら、逆に反発する力を生み出せるんじゃないかと思って昨日ずっと練習していました」

「ウィニング様。流石にそれは《吸着《ソープション》》の効果を超えていますので、難しいですよ」

「え、でもできましたよ？　ほら？」

そう言ってウィニングは《吸着《ソープション》》の魔法を発動する。

すると、吸い付くはずのその魔法で——ウィニングの身体は上空に弾んだ。

「うぇあぁっ!?　なんで!?　なんでですか!?」

「《吸着《ソープション》》の発動中に、魔力を意図的に引き上げているんです。そしたら《吸着《ソープション》》は、早く吸い付く力を解かなくちゃ！　となって、吸い付く力とは真逆の反発する力が生まれるんですよ。あとはその反発する力だけにピンポイントで魔力を注げばこうなります」

着地したウィニングが淡々と説明する。

しかしウィニングの頭の中には、まだまだ検討中の構想があった。

たとえば、反発する力を生み出す《弾性《バウン》》という魔法がある。ウィニングはこの《弾性《バウン》》という魔法の効果を、《吸着《ソープション》》で遠回しに再現してみせた。

となれば、《吸着《ソープション》》の応用と《弾性《バウン》》を使えば、実質、二重の《弾性《バウン》》を発動できることになる。

これは走る際の推進力になるのではないだろうか、とウィニングは考えていた。

一方マリベルは、そんなウィニングの頭の中を覗《のぞ》き見《み》ることはできないが、既に驚愕が限界値に達していた。

「ウィニング様は本当に、走ることに関連しそうな魔法のみ恐ろしく理解度が深いですね」

「いやぁ、それほどでも」

ウィニングが照れる。

半分褒めているが、もう半分は呆《あき》れているのだ。

多分、今の《吸着《ソープション》》の応用……持っていくところに持っていけば高値で売れる。

魔法使いにとっての名誉――新魔法の開発にも繋がる可能性がある技術だ。

「ウィニング様、現時点で最大どのくらいの高さまで跳べますか？」

「ちょっと試してみます」

そう言ってウィニングは、大きく跳躍した。

コントレイル家の館……その二軒分の高さまで到達していた。

ウィニングが着地すると、震動が響く。

その震動を感じて……マリベルはふと思いついた。

その丈夫な脚を、武器として使うことはできないだろうか？

「先生、どうでした？」

「んんっ、まあぼちぼちですね。私も子供の頃はそのくらい跳べていました」

子供の頃といっても十五歳くらいの頃だが。誤差である。

「ウィニング様。ちょっとやっていただきたいことがあります」

「なんですか？」

マリベルはウィニングの傍に、水の円柱を生み出した。

それはまるで水のサンドバッグのようだった。

「この的を、強化した脚で蹴ってもらっていいですか？」

「分かりました」

マリベルの意図を理解し、ウィニングは《身体強化》を発動した。

そして、的に向かって蹴りを繰り出した直後——。

——爆発が起きる。

「ウィニング様ッ!?」

水のサンドバッグが炸裂《さくれつ》すると同時に、ウィニングが反動で後方へ吹き飛んだ。

マリベルは瞬時に杖を振り、ウィニングの吹き飛ぶ先に水のクッションを展開する。

水のクッションに身体を包まれたウィニングは、ぼとんと地面に落ちた。

マリベルは慌ててウィニングに駆け寄る。

「だ、大丈夫ですかッ!?」

「だい、じょうぶです。……かなり驚きましたけど」

見たところウィニングに怪我はない。

マリベルは胸を撫《な》で下《お》ろした。

しかし今のは、下手したら大怪我に繋がっていた。

「魔力回路が走ることに特化しすぎている……ちょっとでも走るという枠組みから外れた動きをすると、制御が困難になるんですね」

「うーん、ジャンプはできるんですけどね」

ぴょんぴょん、とウィニングは跳ねながら言った。

三級の紋章でこれだけ出力を発揮しているのだから、当然と言えば当然かもしれない。ウィニングの魔力回路はカツカツなのだ。走るために必要な回路しか用意できず、それ以外の部分は穴だらけなのだろう。以前、マリベルはウィニングの魔力のバランスを「上半身は布一枚なのに脚だけ甲冑で守っている」と表現したが、目に見えない身体の内側でも同様のことが起きているらしい。

ウィニングのあらゆる能力は、とことん走ることに最適化されている。しかし裏を返せばそれ以外の分野には融通が利かなくなっている。

――残されたリソースはどれほどだろうか。

発現効率の最大値は決まっている。ウィニングは脚にその殆《ほとん》どを密集させたが、まだ僅かに他の部位へ回す分が残っているかもしれない。それを上半身に回せば《炎弾《ファイラ》》くらいは使えるようになるだろう。脚の特定の部位に回せば蹴りを武器に戦えるようになるかもしれない。

だが、新しいものを習得させる場合、既存の技術を捨てるリスクもある。剣の達人に槍を教えようとするものだ。器用な者ならどちらも習得できるだろう。だが間合いの取り方や視線の動かし方など、双方で矛盾する技術というものは必ず存在する。下手に混ぜようとすると、折角の剣の技術が台無しになってしまう可能性がある。

ウィニングは走力特化のバランスに慣れている。上半身や走力と関係のない部分にまで魔力が行き渡るようになったら、確実に一度バランスが崩れてしまうだろう。再びバランスを保てるようになった時、今と同じように走れる保証はない。

それでもこの特化した能力を矯正して色んなことを可能にするか、或《ある》いは開き直って走ることを伸ばすべきなのか……きっとロイドもこの分岐点に直面したんだろう、とマリベルは推測する。

「……ウィニング様。少し考えたいことがありますので、自由時間にしましょう」

「分かりました。じゃあ走ってきます!!」

次の瞬間、ウィニングは風になって消えた。

(正直、あれだけ速く走れるなら武器なんて必要ないんですけどね)

マリベルはウィニングには聞こえない小さな声で呟いた。

あの速さがあれば、何者かに襲われても逃げることは容易だろう。

しかし、せめて《炎弾《ファイラ》》くらいは覚えてもらいたい。

昨日マリベルはウィニングに、身を守るための最低限の武器として《炎弾《ファイラ》》を習得してほしいと伝えたが、あれは半分ほど建前だった。

——《炎弾《ファイラ》》すら使えないなんて、次期当主としての器が疑われる。

貴族として生まれた以上、どうしてもつきまとう世間体の問題。

走ることしか……逃げることしかできないウィニングは、このままでは貴族としての面子《メンツ》を保つことができない。

「マリベル殿」

背後から声を掛けられる。

「フィンド様」

「調子はどうだ」

ウィニングの父フィンドは、そう尋ねながらマリベルの隣に立った。

「申し訳ございません。以前とあまり変わりません」

「そうか。……しかし走ることに関しては以前より進化しているようだな。昨日の夜、家の壁を走っているのを見た時は腰を抜かしそうになったぞ」

「……すみません」

マリベルは額に手をやった。

もしかしたら自分はとんでもない変態を育てているのかもしれない。

「……やはりフィンド様も、ウィニング様のやりたいことは把握しているんですね」

「まあ、あれだけ見せつけられるとな」

即ち、走ること。

ウィニングの好きなことなんて初対面でも一瞬で理解できるほどだ。まさか父親が気づいていないはずもない。

「ウィニング様に普通の魔法を習得させることは可能です。しかし、普通の魔法を教えるとウィニング様の現在の能力が損なわれるかもしれません」

「それはまた、難しい問題だな」

フィンドは領主としてではなく親の顔で悩み始めた。

子が得意とするものを奪うことは、やはり心苦しいのだろう。

マリベルの予想通り、フィンドはまだウィニングの育て方を迷っているようだった。

「……たとえば、あれが勉学ならばよかったかもしれない」

フィンドは街の景色を眺めながら言った。

ウィニングたちが住んでいる館は、小さな丘陵の上に建てられている。そのため庭から街の景色を一望することができた。

そこには、様々な形で生活を営む領民の姿がある。

「商売でもいい。発明でもいい。この社会に役立つものであれば、なんでも」

フィンドの呟きの意味を、マリベルは察した。

もしウィニングが、走ることではなくそれらの道を極めようとしていれば、フィンドは「好きにやれ」と言っていたかもしれない。勉学、商売、発明、いずれも社会に貢献するための道筋が分かりやすい分野だ。上手くやれば堅実に生きられるだろう。

しかし、ウィニングはそうではない。だから迷っているのだ。

「ですがフィンド様。どんな力でも極めれば、あらゆる分野に通ずることがありますよ」

そんなマリベルの発言に、フィンドは小さく笑った。

「それは、この目で確かめるまでは安心できんな」

ですよね、とマリベルは呟いた。

ウィニングが、思うままの人生を歩みたいなら……決定的な何かを見せつけるしかない。

＊＊＊

主従訓練、二ヶ月目。

訓練の内容は少しずつ実践的なものに変化していた。

「今日は模擬戦をやりましょう。三人で協力して、私を倒してください」

かつてウィニングが走り回っていた森で、マリベルは杖を構えながら言う。

通算五度目となる模擬戦だ。ウィニングたちは未だ三人がかりでもマリベルに勝ったことはない。

ロウレンが剣を構え、シャリィが杖を手に取る。

マリベルが杖の先端を地面に叩き付けた。

模擬戦開始の合図だ。

「ウィニング様は後ろへ！」

「あ、うん。分かった」

ロウレンがウィニングを庇《かば》うように前へ躍り出る。

ウィニングは早々に後方で待機することが決まった。未だに攻撃系の魔法を一つも習得できていないので、妥当な判断である。

「――《稲妻砲《ラウルガ》》ッ!!」

初手はシャリィの魔法だった。

雷が地面を焼く。

その激しい閃光は目眩《めくら》ましにもなり、マリベルは瞼《まぶた》を閉じながら後退した。

「ロウレンさんッ！」

「ああッ！　――くらえッ!!」

後退するマリベルに対し、ロウレンが肉薄して剣を振るう。

だがマリベルは冷静に対処した。

「《水剣《ウェルス》》」

マリベルの左手に水の剣が生まれる。

振り下ろされたロウレンの剣を、マリベルは自らの剣で受け流し――。

「――《水流波《ウォルジェ》》」

「ぐあっ!?」

「きゃっ!?」

右手の杖の先端から大量の水が噴射された。

ロウレンとシャリィは吹き飛ばされる。

「シャリィさん、射程の切り替えがまだできていませんよ。不必要に長距離の砲撃をすると魔力が枯渇してしまいます」

「は、はい……っ！」

「ロウレンさんは踏み込みがまだ浅いですね。格上相手だからといって毎回尻込みするつもりですか？」

「く……っ」

二人とも、マリベルの動きについていくので精一杯だった。

マリベルの指摘は的確だ。ロウレンたちは、戦いながら欠点の改善を試みる。

本人は自覚していないが――マリベルには教師の才能があった。

それもそのはず。マリベルは六年もの間、今では世界最強と呼ばれるエマ＝インパクトと張り合っていたのだ。

才能の塊である彼女と張り合うには、とにかく努力でその差を埋めるしかなかった。

だからマリベルは、足りない力を努力で補うことに関してはエキスパートである。

その能力は生徒の指導に大きく役立った。

「二人とも、そんなことでは守るべき主が傷つけられますよッ!!」

マリベルが二人を挑発する。

悔しそうに抵抗するシャリィ、ロウレンに対し、マリベルは更に魔法を発動した。

「――《水軟樹《ウィテル》》ッ!」

水の樹木が屹立し、地面からうねる根が現れる。

「あっ!?」

根はロウレンの剣を絡め取り、

「ひゃっ!?」

更にシャリィの足を払って転倒させた。

「ウィニング様っ!?」

シャリィが焦燥する。

複数の水の根が、後方で待機していたウィニングへと迫った。

しかしウィニングは落ち着いた様子で――。

「よっ」

迫る水の根を、ウィニングは軽々と避けてみせる。

「むっ」

それを見て、マリベルが競争心を燃やした。

根の数が倍になる。

少なくともロウレンやシャリィにはもう対処できる数ではない。

しかしウィニングは相変わらず冷静なまま——。

「ほっ、はっ、よいしょっ」

「む、むむむ、むむむむむ……っ!!」

四方八方から迫り来る水の根に対し、ウィニングも素早く身体を動かして避け続けた。

その攻防は、ロウレンとシャリィには視認できなくなるほど加速する。

本人は自覚していないが——ウィニングは日頃から高速で走っているため、動体視力が鍛えられていた。

元々《身体強化》を使えば五感も強化されるが、高速の世界の住人であるウィニングにとって速さは恐怖の対象ではない。その精神的な耐性が、常人には得がたい強さと化していた。

加えてここ二ヶ月の主従訓練によって、ウィニングは判断速度も進化している。

もう鬼ごっこの時のような負け方はしなかった。

そんなウィニングに、ロウレンとシャリィは複雑な表情をする。

「……これ、俺たちが守る必要あるのか？」

「な、なさそう、ですね……」

＊＊＊

模擬戦が終わった後。

「はぁ、はぁ……も、模擬戦はこれで、終了です……っ！」

「ありがとうございました！」

マリベルは杖で身体を支えながら言った。

全身から汗をだらだらと流し肩で息をするマリベルに対し、ウィニングはまだ余裕がある様子で返事をした。

結局、マリベルの魔法がウィニングを捕らえることはなかった。

ウィニングの成長が早いことは今に始まったことではないが、いよいよマリベルでも簡単には倒せなくなってしまった。

先程の模擬戦も、なんならウィニングではなくマリベルの訓練になったくらいである。

「こ、こうなったら、次からは大魔法を…………いえ、流石にそれは大人げないでしょうか？　でも負けるの嫌ですし……」

競争心をメラメラと燃やすマリベル。

その隣では、ウィニングたち三人の生徒が地面に腰を下ろして談笑していた。

「あ、あの！　ウィニング様は将来、どんな領主になるつもりなんですか⁉」

シャリィが訊く。

ウィニングは中空を眺め、少し考えてから答えた。

「うーん、あんまり考えてないかな。俺はただ自由気ままに走り回りたい」

「そ、そうですか……」

シャリィが苦笑いする。

予想できた回答だった。

果たしてそれは領主としてどうなのか——という疑問はさておき、

「自由に走り回るとなれば、色んな場所に行きそうですね。それなら冒険者とか興味あるんですか？」

ロウレンが訊く。

冒険者とは、ギルドで斡旋《あっせん》された依頼を引き受けることで生計を立てる者の総称だ。

「いや、別に冒険者にも興味はないかな。働かずに一生走っていたい」

ロウレンの顔が引き攣る。

マイペースな回答しか述べないウィニングに、傍で話を聞いていたマリベルがつい口を挟んだ。

「ウィニング様。それはもうただの変態です」

「じゃあ俺は変態になります」

「やめてください」

今の会話を依頼主《フィンド》が聞いたら、なんと言われるか……マリベルの心労が積み重なる。

「……もう夕方ですね。では、本日の訓練はこれで終了です」

その一言に、ロウレンとシャリィが肩の力を抜く。

だが、ウィニングは逆に立ち上がってストレッチを始めた。

ここからは――ウィニングだけの個別指導だ。

＊＊＊

訓練が終わったので、ロウレンとシャリィはそれぞれ帰路についた。

コントレイル子爵家に仕える二人の家は、子爵家の館と近い距離にある。なので二人は沈む夕陽《ゆうひ》を眺めながらのんびりと徒歩で家まで向かっていた。

「っ」

石の階段を下りた時、ロウレンの太腿《ふともも》の筋肉が悲鳴を上げた。

「ロウレンさん、どうかしました？」

「いや、ただの筋肉痛だ」

「あぁ……私も魔力が枯渇寸前です」

主従訓練によって、二人は身体も魔力もたっぷり追い込まれている。

ウィニングも同様なはずだが、自分たちと違ってあからさまに疲労している素振りは見えない。いつも目が輝いていて、楽しそうにしている……肉体ではなく精神面に差を感じた。あの底なしの集中力はどこからきているのだろうか、二人はいつも不思議に思っている。

「私たち、ちゃんとウィニング様を支えられるでしょうか？」

「……頷きたいところだが、ウィニング様がどういう領主になるか分からないからな」

すれ違う老夫婦に会釈をしながら、ロウレンは答える。

「俺たちの役目は、とにかく主の支えになることだ。父から聞いた話だとその形は様々あるらしい。たとえば先代は武闘派で狩りを好んでいたから、一緒に戦ったとか。反対に先々代は内向的で殆ど机にかじりついていたから、秘書のような形で支えていたとか。……当代のフィンド様は先々代に近いかもしれないな」

「……そうですね」

シャリィも仕事については家族から教えられている。似たような話は知っていた。

「ウィニング様は、どんなふうになるんでしょうか」

「……正直、全く予想できない」

ウィニングの能力を考えると、フィンドのようになる可能性はあるだろう。走っている時は無邪気に見えるが、普段は冷静で理知的である。きっと賢い領主になる。

だが、どうしてもそのビジョンが見えない。

「……領主にならないかもしれないな」

非常に複雑な気持ちだが、その可能性が一番高いような気がした。

ウィニングは、大きな館で厳かに座している姿よりも、世界各地を自由に走り回っている姿の方がしっくりくる。

「ウィニング様が領主にならなければ、私たちの役目はどうなるんでしょう……？」

「順当にいけば、他の領主になる人へ仕えることになる。ウィニング様にはご兄弟がいらっしゃるから、そのどちらかだろう」

面識はないが評判は聞いている。生まれ持った能力も受けている教育も質が高いのだろう。どちらも貴族に相応しい立ち居振る舞いができつつあるようだ。

「……ウィニング様が、いいなぁ」

小さな声で、シャリィが言った。

「同感だ。あの方は面白いからな」

「お、面白いって、私はそんな……」

「笑いものにしているわけじゃない。新鮮な気分になれるという意味だ」

あぁ、そういうことかとシャリィは納得した。

敢えて言葉にはしないが、きっとシャリィも同じだろうなとロウレンは思った。——物心つく頃から従者としての生き方を叩き込まれてきた。お前には仕えるべき主がいるのだと耳にたこができるくらい聞いてきた。そんな日々を過ごしていると、一度や二度くらい反骨心が芽生えることもある。何が従者だ、何が主だ、俺は俺のやりたいように生きるんだという気持ちが湧き上がるのも無理ないはずだ。

けれど、蓋を開ければ仕えるべき主はとんでもなく変な人だった。

従者の仕事なんて地味なものだろうと考えてしまったこともある。しかし今のところそんな気配は全くない。それどころか、踏ん張っていないとどこかへ吹き飛んでしまいそうなくらい目まぐるしい日々を過ごしている。

破天荒で、常識知らずで、かと思えば理知的な一面もあって、そして——真っ直ぐ。

この人に仕えるなら、悪くないかもしれない……気づけばそう思っていた。

「変わらないさ」

ロウレンは不安を感じさせない自信に満ちた声音で言った。

「仮にウィニング様が領主にならなかったとしても、俺たちがウィニング様を敬う立場なのは変わりない。なら、俺たちがウィニング様を支えることだってあるはずだ」

「……そうですね」

仕えている主から、仕えている主の兄に変わったところで、自分たちのウィニングを見る目は変わらない。そんな確信があった。

「しかし、いざウィニング様が領主になったら、それはそれで大変かもしれないな」

「え？」

「ウィニング様は走ることが大好きだろう。公務とかで忙しくなりすぎると、外へ逃げ出してしまうんじゃないか？」

シャリィはその状況をイメージした。

館の一室。積もりに積もった書類仕事を連日徹夜でこなすウィニング。従者である自分たちも手伝っていたが、ある時、遂に限界が訪れたウィニングは窓から外に飛び出し——。

そのまま爆速で走っていった。

「だ、誰も、追いつけない……っ」

「ああ。……逃げられたら終わりだな」

あの人が領主になったらヤバイかもしれない。

二人の従者は頭を悩ませた。

＊＊＊

ロウレンとシャリィが去った後、マリベルはウィニングの個別指導を始めた。

この指導に、ロウレンたちが同席していない理由は二つある。

一つは訓練の都合。

ロウレンとシャリィは、朝から夕方まで行われる主従訓練で十分な成果を挙げているので、夕方以降は休息と復習に時間をあててほしいとマリベルは指導した。そもそもこの個別指導自体、ウィニングのモチベーションを繋ぎ止めるという、ふわっとした目的のために行われているものだ。訓練で成果を挙げている二人がわざわざウィニングに足並みを揃《そろ》える必要はない。

そして、もう一つの理由。

それは……仮に見学したところで、ついていけないからだ。

「さて、ウィニング様。本日の個別指導も同じメニューです」

そう言って、マリベルは杖を構えた。

心なしか、先程の模擬戦以上に真剣な面持ちである。

「鬼ごっこを始めましょうか」

「――はい」

ここ最近、個別指導のメニューは鬼ごっこに固定されていた。

鬼ごっこによってウィニングの改善点を見極め、それをマリベルが指摘する。この流れが続いていた。というのも、ウィニングの実力は非常識なので、通常の指導では中々伸ばすことができないのだ。だから実践させてから軌道修正をする方針にしている。

しかし、一ヶ月を過ぎたあたりからこの訓練は形骸化していた。

ウィニングが捕まらないのだ。

「《水剣《ウェルス》》……ッ!!」

逃げるウィニングに対し、マリベルは水の剣を投擲《とうてき》した。

投擲された剣の数は八本。ウィニングは方向転換するだけで全てを回避する。

「《水槍《ウォルラ》》、《水球《ウォルブ》》っ!!」

マリベルの杖から、水の槍と水の球が射出される。

模擬戦では使わなかった魔法を、マリベルは次々と使用した。

だが、いずれもウィニングには命中しない。

どの魔法よりも――ウィニングの方が速い。

それなら、とマリベルは杖を構えて集中する。

本来この状況は戦闘中には起こり得ない。これが本物の戦いなら、わざわざ精神を集中する時間なんてない。

それでも、マリベルがウィニングに追いつくには、こうするしかない。

実戦では活用できない技術の一つや二つでも使わないと――ウィニングには追いつけない。

「《身体強化》、《加速《アクセル》》、《水靴《ウォルシュ》》、《水流波《ウォルジェ》》――」

以前、ウィニングが《発火《イグニッション》》を見せた時、マリベルが対抗するために編み出した方法だった。

膂力《りょりょく》を向上する《身体強化》に加え、全身の活動速度を向上させる《加速《アクセル》》、更に脚部の耐久力と移動速度を向上するための《水靴《ウォルシュ》》に、勢いよく水を噴射する《水流波《ウォルジェ》》を組み合わせる。

ウィニングの背中目掛けて、マリベルは疾走した。

敢えてウィニングには伝えていないが、マリベルはこの方法で自身の最大移動速度を更新している。

ウィニングのおかげでマリベルは更に速くなった。もうどちらが訓練を受けているのか分からない。

「んふふ……どうやらまだ私の方が速いみたいですね」

マリベルとウィニングの距離は少しずつ縮まっていた。

知識と経験……この二つが、ウィニングになくてマリベルにあるものだ。どちらも戦いの勝敗を決める大きな要素である。

まだまだ、子供に負けるわけにはいかない。

そう思っていたマリベルだが――。

「――それはどうでしょう」

ウィニングが不敵な笑みを浮かべる。

その両足に、一瞬で魔力が集中した。

「《発火《イグニッション》――」

ウィニングの全力疾走が始まる。

その直前――ウィニングの足首から先に、ある魔法が作用した。

「――改》ッ!!」

魔力が爆《は》ぜる。

刹那、ウィニングの姿がブレて、遥《はる》か遠くまで移動していた。

「え――」

予想外の光景を目の当たりにして、マリベルは驚く。

徐々に縮まっていた距離が一瞬で引き離された。それどころか、時間が経過するに従いどんどんと差が開いていく。

――《吸着《ソープション》》だ。

一瞬だけ見えた。

ウィニングは《吸着《ソープション》》の反動である、反発する力を利用しているのだ。

(嘘……まだ、二ヶ月しか経ってないのに……ッ)

初めて会った時からウィニングは速かった。

だがマリベルがその気になれば、まだなんとか捕まえることができた。

しかしあれから二ヶ月が経過した今、マリベルは歯軋《はぎし》りし、全力で魔法を駆使しながらウィニングを追っている。

それでも、差は開く一方だ。

——追いつけない。

触れられない。

近づけない。

それは武力でも知力でもないが、絶対的な力だった。

骨と肉が軋《きし》む。高度な魔法の併用に脳味噌《のうみそ》が悲鳴を上げる。それでもウィニングの背中はどんどん離れていく。身体と心が「追いつけない」と悟った。

いつの間にか、マリベルは足を止める。

全身が鉛のように重い。

この感覚には……覚えがあった。

＊＊＊

しばらくして、ウィニングはマリベルが追ってきていないことに気づいた。

不思議に思って戻ったウィニングに、マリベルは小さな声で告げる。

「鬼ごっこは……終了です」

「え？　でもまだ、いつもより走っていませんが……」

「終了です」

マリベルは真剣な面持ちで言った。

「ウィニング様。大事なお話があります」

いつになく真面目な空気に、ウィニングは落ち着いて首を縦に振った。

マリベルは、真っ直ぐウィニングを見据えて語る。

「ウィニング様には努力する才能があります。型に嵌《は》まらない思考力と、目的を達成するための執念……これは掛け替えのない才能です」

マリベルは、ウィニングの能力をそう定義していた。

規格外の能力は、規格外の思考力と執念によって生まれていると。

「きっとその才能を使えば、貴方は走ること以外にも色んなことを習得できるでしょう。走ることほど極められるかは分かりませんが……どの分野に進もうと、同世代の中では抜きん出た成果を挙げることが可能です」

勉学でも、商売でも、発明でも、なんでも上手くやれるだろう。既に魔力のバランスが偏っているため魔法は難しいかもしれないが、それ以外の道ならどれでもいい。

無言で相槌《あいづち》を打つウィニングに、マリベルは続ける。

「そうなりたいとは思いませんか？　ほんの少し、走ることを休んで、他のことを真剣に学べば……きっと今よりも多くの評価が得られますよ？」

マリベルは問いかける。

しかしウィニングはいつも通りの暢気な様子で、

「うーん……すみません。あんまり興味ないです」

そんなウィニングの回答を、マリベルは想像力が不足していると判断する。

「ウィニング様にはまだ難しい話かもしれませんが、人は歳《とし》を重ねるにつれて、比較の目がつきまといます」

強く――実感の込められた言葉だった。

万年二位。永遠の二番手。ずっとある人物と比較され続けてきたからこそ、マリベルは真摯に語る。

「それは時に、悪意となって心を抉《えぐ》ってきます。人と違うことを理由に排斥されることもあります。……ですから、自分のやりたいことを堪《こら》えて周りの評判を優先するのは、妥協ではないんです。自衛なんです。決して恥ずかしいことではありません」

そっと、優しく諭すように、マリベルは語った。

自分のことを大切に思っているなら、こういう生き方もあるんだとマリベルは伝えたかった。

ウィニングの父フィンドも、どちらかと言えばその生き方を尊重している。

フィンドはウィニングの紋章が三級であることから、魔法使いとしての出世は厳しいと判断していた。同時に、その聡明《そうめい》な思考力があれば優れた領主になるはずだとも考えている。

マリベルは、フィンドの考えも正しいと理解していた。

ウィニングが真剣に、領主になるための努力を続ければ……きっと将来は名君になるだろう。

その生き様は、今の生き様と比べれば格段に周りから評価されるはずだ。ウィニングにとって、最も平穏で安定した人生になるに違いない。

しかしウィニングは——首を縦には振らなかった。

「周りの目は大事ですよね。俺も一応、貴族だから分かります」

マリベルの意見を、ウィニングは理解して答えた。

子供らしからぬ聡明さをウィニングは発揮する。

「でも、これぱっかりは……どうしようもないんですよ」

強い感情を、ウィニングは吐露する。

ウィニングは自分の胸に手を添えて語った。

「このあたり……胸の中心に、でっかいものがあるんです。俺はそれを無視して生きることができない」

その胸の中心にあるのは、きっと熱だとマリベルは感じた。

走るという名の熱だ。

夢とも希望ともロマンとも捉えられるその感情は、ずっとウィニングの胸と——瞳で燃えている。

ウィニングが走っている時、その瞳には常に激しい炎が灯《とも》っていた。

「俺は多分、走るために生きているんです。だから俺の命は——走ることだけに捧《ささ》げます」

ウィニングの瞳が、キラキラと燃えている。

マリベルは、ごう、と強い熱風を浴びたような錯覚に陥った。

それは子供が本来持つはずのない、命懸けの覚悟だった。

マリベルは知らない。

ウィニングには前世の記憶があることを。

前世で脚が動かなかったウィニングにとって、この二度目の人生は走るために在ると本気で考えていることを――。

ウィニングは口を開く。

その熱を帯びた目で、今度は何を告げるのか。

マリベルは耳を傾けた――。

「――マリベル先生にも、そういうものはないですか？」

マリベルは、頭を強く殴られたかのような衝撃を受けた。

果たして自分には、ウィニングと同じ熱があるのか。

考えなくても分かる。

自分に、その熱はない。

しかし――エマは同じことを言っていた。

『私は、魔法を極めるために生きている』
学生だった頃。
エマはそのような言葉を口にした。
あの時の、自分とエマの問答を思い出しながら……マリベルはゆっくり口を開く。
「ウィニング様。…………貴方は、何のために走るんですか？」
その問いにウィニングは目を丸くした。
「そんなの――好きだからに決まってます！」
屈託のない表情でウィニングは告げた。
マリベルの脳裏に、エマとの問答が蘇る。
『エマ。貴女は何のために、魔法を極めるの？』
『そんなの、好きだからに決まってるでしょ』
目の前にいるウィニングが、一瞬だけエマと重なる。
その瞬間、マリベルは悟った。
先程、どうしても追いつけないウィニングに対して抱いた感情。
その正体はやはり――。
――敵《かな》わない。
かつて競い合ったエマ＝インパクトは才能の塊だった。

才能の塊なのに努力もするから、もう敵うはずなんてなかった。

しかし目の前にいる少年……ウィニングはどうだ？

最終的にマリベルは、ウィニングには努力の才能があると判断した。だが努力に関しては、自分も引けを取っていないという自信がある。特に積み重ねた時間は明らかに自分に分があるはずだ。

なのに、マリベルはこの少年に敵わないと感じていた。

それは何故だ？

——本当に才能か？

この敵わないという感覚は、本当にウィニングの才能に感じたものなのだろうか？

もし違うのだとしたら……エマに対しても同じではないか？

自分はもしかして……才能でエマに負けたわけじゃないのか？

目の前の少年は、マリベルにはない何かがあった。

エマにもきっとその何かがあった。

答えを知りたい。

この少年の行く末を見届ければ、マリベルは自分に欠けているものを見つけられそうな気がした。

きっとこの少年は——エマ＝インパクトのように、劇的な成長を遂げることになるだろう。

今では世界最強と呼ばれるエマのように。

この少年も、いつか世界中に認められて新たな異名を冠するかもしれない。

その可能性は、決して潰《つい》えてはならないものだ。

この少年は――自由に駆け抜けるべきだ。

「……ウィニング様。急用ができましたので、今日はここまでにしておきましょう」

「急用？」

訊き返すウィニングに、マリベルは頷いた。

「貴方のお父様と、大事なお話があります」

＊＊＊

ウィニングの覚悟を聞いたマリベルは、依頼主《フィンド》のもとを訪れた。

これから自分が何をするのか……考えると足が止まってしまいそうになる。

だが、胸の中にはまだ、ウィニングに当てられた熱が灯っていた。

その熱が、マリベルの背中を押した。

「失礼します」

従者の案内に従ってフィンドの執務室までやってきたマリベルは、木製の大きなドアをノックした。

机で書類仕事をしていたフィンドは、マリベルの顔を見て目を丸くする。

「マリベル殿？」

「お忙しいところすみません。ウィニング様について、ご報告が……いえ、ご相談があります」

マリベルは頭を下げながら言った。

フィンドは仕事の手を止める。

「まずは残念なお知らせから。フィンド様が最優先でウィニング様に習得させたいと仰っていた、基礎魔法……《炎弾《ファイラ》》や《風弾《ウィンデ》》を、ウィニング様はまだ習得できておりません」

「そうか。……あれは貴族の交流会でもよく使われる、腕試しにはもってこいの魔法だ。習得できないのは正直困るな」

フィンドは腕を組んで難しい顔をした。

一瞬だけマリベルに疑いの視線を注ぐ。だがすぐにその視線は逸らした。主従訓練の様子をフィンドは何度か見学しているが、マリベルは決してサボっているわけではない。

この世界の一般教養には魔法も含まれる。簡単な読み書きや算術、歴史に対する知識と同じように、基礎魔法も万人が習得するべきとされていた。

紋章が三級であっても、基礎となる魔法の《炎弾《ファイラ》》や《風弾《ウィンデ》》くらいなら習得できる。

特にこれらの魔法は、貴族たちが己の格を示すためにしばしば用いられる。

たとえば射的。

たとえば狩猟。

貴族たちは娯楽という名目で、互いの能力を競い合うことがある。

本気で競い合うと最悪戦争に発展しかねないので、あくまで遊びの範疇に留めはするが、そこであまりにも実力差が浮き彫りになると流石に見下される。

競い合うのは何も魔法だけではない。知識や身体能力も同様だ。

ウィニングは知識と身体能力が長《た》けているので、きっと見下されることはないだろう。

だが、できれば魔法も最低限のものは習得してほしいとフィンドは考えていた。

「……マリベル殿は以前、その気になれば《炎弾《ファイラ》》くらい習得させられると言っていたな。ただしそれをすると、ウィニングの今の能力が損なわれるのだったか」

マリベルは「はい」と頷いた。

魔力回路をほんの少しでも上半身に開けば、下半身に特化している魔力のバランスが改善され、基礎魔法の習得は容易になる。

ただしその場合、ウィニングは今ほど速く走れなくなるかもしれない。

「ここ数日、どうするべきか悩んでいました。そして先程、結論が出ました」

ここからが本題だ。マリベルは緊張しつつ、口を開く。

「フィンド様。無礼を承知でご提案いたします。――ウィニング様に自由を与えてはいかがでしょうか」

それは、ただの教師にしては出すぎた発言だった。

フィンドは眉間に皺《しわ》を寄せる。

しかしマリベルは続けた。

その小さい背中を、熱が押していた。

「ウィニング様は得意なこと……好きなことに対しての集中力が凄まじい御方《おかた》です。敢えてたとえるなら学者や研究者に近い気質だと思います。ですがより正確に言うならば、求道者と表現するべきでしょう。たった一つの道を極めることで、教科書に名が載るようなタイプです」

「……たった一つの道、か」

フィンドはマリベルの意図を理解した。

求道者と言えば聞こえがいい。だがマリベルが言いたいのは、もっと単純なことだろう。

ウィニングは――たった一つの道を極めることでしか、成果を出せない。

それは貴族という役職との両立が困難であることを示していた。

「つまりウィニングを、貴族としての義務から解放しろということだな？」

「……はい」

勉学の道に進んだとしても、商売の道に進んだとしても、或いは料理でも音楽でもなんでもいい。

ただ、どの道を選んでも貴族の責務と両立はできやしないだろう。

一つの物事にのめり込みすぎるウィニングは、根本的に貴族に向いていない。だったら貴族として育てるという考え方は足枷《あしかせ》にしかならない。それがマリベルの考えだった。

或いはウィニング自らが、たった一つの道として、貴族であることを選ぶなら話は別だが……それはないだろうなとマリベルは思っていた。フィンドも同様である。可能性以前に趣味嗜好の問題だ。あの子は他人を視野に入れず一人で何かに打ち込むことが好きな性分である。

「親としてはともかく、貴族としては簡単に頷けないな」

フィンドは深く吐息を零《こぼ》しながら告げた。

「仮にウィニングが自由となって、次男であるレインが家督を継いだとしても……ウィニングは周りから余計な勘ぐりをされてしまうだろう」

「……仰る通りです。この国では、長男が家督を継ぐのが一般的だと聞いています」

マリベルは他国の人間だが、この国で働くと決めた時点で、この国の文化について軽く学んでおいた。元より魔法使いは学者肌の者が多い。新しい知識を仕入れることはマリベルにとってそれほど面倒な作業ではなかった。

ルドルフ王国では、基本的に長男が家督を継ぐ。

だから、次男が家督を継いだとなれば……長男は何をしているのかという疑問を確実に抱かれる。

早い話、ウィニングは無能の烙印《らくいん》を押されるだろう。

家督も継げなかった哀れな長男……その印象は避けられない。

フィンドはそれを懸念していた。

得意な分野に進んでも、不幸な目に遭うことはある。貴族としての体裁も考えているが、親としても簡単に許容できないのはそれが理由だ。

本当はフィンドも分かっていた。

どう考えても、ウィニングの性格は領主に向いていない。どちらかと言えば弟であるレインの方が向いているだろう。

だが、この国の慣習と、ウィニングの子供らしからぬ聡明さが、フィンドの判断を踏み留まらせている。

しかし――ここにきて、そんなフィンドの考えにはっきりと異を唱える者が現れた。

「私に、ウィニング様を預けていただけないでしょうか」

マリベルは、その目に決意を灯して告げた。

「主従訓練の期間を延長させてください。半年の予定でしたが、これを一年……できれば二年いただきたいと思います。勿論、延長した分のお金は結構です。これは私のエゴですから」

「エゴ？」

「はい。――ウィニング様が切り拓《ひら》く世界を、この目で見てみたいという私のエゴです」

いつぶりだろうか、とマリベルは思った。

久々に――魔法使いとしての血が騒いでいる。

これを極めた先には何があるのか。

これを探求した先には何が手に入るのか。

かつての好敵手であるエマ＝インパクトは、この感覚を常に己の技術の研鑽に向けていたのかもしれない。己の巨大な才能を磨き続ければ何ができるのか、気になって仕方なかったのだろう。

マリベルはそこまで、自分の能力を信頼できなかった。

だがその代わりに、信頼できる相手を見つけた。

ウィニング＝コントレイル。

彼が道を極めた先に何があるのか、マリベルは気になって仕方なかった。

「以前、フィンド様は仰っていましたね。この目で確かめるまでは安心できないと」

どんな力でも極めれば、あらゆる分野に通ずることがある。そう告げたマリベルに対し、フィンドはそのような言葉を返していた。

「二年あれば、その目で確かめられます」

今はまだ難しい。貴族としての生き方と、自由な生き方の間で揺れている――いや、揺らされている今のウィニングでは、まだフィンドを安心させられない。

しかし二年間、ウィニングに一つの道を極めさせれば、きっとフィンドを安心させられるほどの成果を出せる。マリベルはそう確信していた。

「……いいだろう」

フィンドは了承した。

思ったよりもあっさり許されたことに、マリベルは目を丸くする。

「ルドルフ王国には絢爛会《けんらんかい》という、王国の貴族たちが一堂に会する社交界が存在する。領主の長男は、十歳になるとこの社交界に参加して挨拶をする習わしだ。……この挨拶をもって、長男は正式に次期当主として認められることになる」

他国の人間であるマリベルに対し、フィンドは丁寧に語った。

「だがウィニングはまだ七歳。絢爛会まであと三年の月日がある。……そのうちの二年を、マリベル殿に預けよう」

なるほど、とマリベルは納得した。

つまり――絢爛会は、ウィニングにとって人生の分岐点《ターニングポイント》。

この絢爛会に出席したら、ウィニングはもう貴族として生きるしかない。

逆に、絢爛会までにウィニングが新たな道を切り拓ければ――他の生き方ができる。

「そして二年後、成果を確認させてもらう。もしそこで相応の成果を示せなければ、私はウィニングを再び次期当主として育てることにする」

「……承知いたしました」

ウィニングが絢爛会に出席するかどうかは、二年後の成果発表で決定する。

人の一生を左右する大きな責任をマリベルは感じた。

だが、今のマリベルにはこれを背負う覚悟がある。

先程ウィニングが示した覚悟と比べれば――このくらい些細《ささい》なものだ。

「では、今から二年間、ウィニング様には自由に育っていただいても構わないということですね？」

「ああ。……あの子は聡明だ。一年もあれば遅れを取り戻せるだろう」

確かにそうだろう、とマリベルは内心で同意した。

「この件はウィニングには内密にする。家督を継ぎたくないという理由で努力されても困るからな」

マリベルは頷いて了承の意を伝えた。

妥当な判断だ。

もしウィニングが家督を継ぎたくない一心で努力した場合、仮に二年後に成果を示したとしても、その後で目的を見失ってやる気をなくしてしまうかもしれない。

フィンドは、ただの怠惰な子供に自由を許すつもりはない。

貴族としての重責――それを凌駕するほどの何かを示さない限り、自由は許さない。

「それと、延長分の報酬はきちんと払わせてもらおう。息子を育ててもらうことには変わりないからな」

「……ありがとうございます」

マリベルは別に金に困っているわけではないが、それはフィンドも承知の上だ。

フィンドは、マリベルの提案に対して誠意を持つべきだと判断したのだ。

ありがたい話だ、とマリベルは思う。

ただの個人的なエゴを、ここまで信頼してくれるとは。

必ず――応えなければならない。

「マリベル殿」

退室しようとするマリベルに、フィンドは声を掛けた。

「期待している」

「はい」

貴族としてのしがらみと、親としての愛情。

様々な感情が綯《な》い交《ま》ぜになったフィンドの、心からの声を聞いて、マリベルは深く首を縦に振った。

＊三章＊　それぞれの夢

ウィニングは八歳になった。

正確には八歳と半年強。あともう少しで九歳になる。

ウィニングが自由に生きられるか否か、それを決めるための成果発表は、ウィニングが九歳になる誕生日に実施すると決めてある。

期日まであと半年。

そろそろ追い込みをかけるべきか、とマリベルは考えていた。

「おーい！　マリベルさーん!!」

コントレイル子爵領の街で買い物をしているマリベルに、領民の男が声を掛けた。

かれこれ一年半もこの街で暮らしているのだ。マリベルの存在は、既に領民にも知れ渡っていた。

「どうかしましたか？」

「ちょっと魔物について相談に乗ってほしいことがあってな。よければ一緒に来てくれねぇか？　マリベルさんは凄腕《すごうで》の魔法使いだから、手伝ってくれると頼もしい」

「分かりました。凄腕なので行きましょう」

マリベル＝リスグラシュー（22歳）。

未《いま》だ承認欲求が衰えることはなかった。

この手の相談は十日に一度くらいされる。そして、その全てを訓練の空き時間に対処していた。

おかげで領内のマリベルに対する好感度は天井知らずである。

「それで、何があったんですか？」

「ああ……実は、最近この領内に新種の魔物が出没しているみたいでな」

「新種の魔物？」

それは穏やかでない。

新種の魔物となれば、対策も一から考えなければならない厄介な相手だ。気候変動などによって生息地が変わったか、何らかの原因で既存の個体が特殊な進化を遂げたか……大抵、新種の魔物が現れる時はこのようなケースである。

しかしそれ以上によくあるのは、勘違いだ。

新種の魔物はそう簡単には現れない。既存の魔物が、怪我《けが》などで見た目が変化するとよく間違われる。

「見てくれ、コイツを」

領民の男が、目の前の地面を指さした。

その地面は一直線上に大きく抉《えぐ》れている。まるで巨大な槌《つち》を叩《たた》き付《つ》けながら進んだかのような、豪快な足跡だった。

「これは……」

「コイツはその魔物の足跡だ。……恐ろしい規模だろう？　地面を抉りながら辺り一帯を走り回ってるんだ」

男は戦慄した様子で語った。

「目撃情報もある。なんでも、細長い魔物らしい。頭の方は灰色で、白くて長い胴体を持っているとか。……一瞬しか見えなかったらしいから、相当動きの速い魔物だぜ」

ひょっとしたらこの辺りを縄張りにしているのかもなぁ、と男は呟《つぶや》く。

そんな男に対し、マリベルは申し訳なさそうな顔をした。

「……すみません」

「？　なんでマリベルさんが謝るんだ？」

「いえ……もう、本当に……すみません……」

マリベルは胃痛を我慢した。

＊＊＊

その魔物が二度と現れないよう善処します……そう告げて男と別れたマリベルは、主従訓練でよく使っている森に移動した。

当初、主従訓練は半年だけ行う予定だったが、ウィニングへの指導を延長することにした結果、主従訓練そのものも延長することにした。ただし、流石《さすが》にシーザリオン家とファレノプシス家からは延長分の報酬を貰《もら》っていない。子爵であるコントレイル家ならともかく、ただの家臣に過ぎない両家には、マリベルを一年半も雇う資金がなかった。

マリベルは報酬なしでも訓練を延長していいと両家に主張したが、それぞれの当主は遠慮して、最終的には週二回だけ訓練を行うという形に落ち着いた。

空いた時間の分だけ、ウィニングへ個別指導する時間が増えた。

その結果……ウィニングは、爆発的に成長した。

「ウィニング様！」

森の中心で、マリベルは叫ぶ。

「ウィニング様――――！　すぐ来てくださ――――――――い!!」

マリベルは声を張り上げる。

しかし返事はなかった。

「もうっ！　――《水流波《ウォルジェ》》ッ!!」

マリベルは上空に水を噴射した。

一直線に昇る水は、やがて青空に鮮やかな虹を描いた。

領民たちは、偶《たま》にコントレイル家の館か森の近辺に現れるこの虹を、きっと訓練で何かしているんだろうなぁ……と思っていた。

しかし実際は違う。

これはただの照明弾だ。

常にどこかを走り回っていて、もはや探すことすら一苦労の少年——ウィニングを呼ぶための合図だった。

「ウィニング様——」

「——なんですか先生!?」

もう一回叫ぼうとしたマリベルの背後に、ウィニングが突然現れた。

遅れて風が巻き上がり、マリベルの長い髪をふわりと持ち上げる。

もはやマリベルですら視認できない速さだった。

しかしその光景にすっかり慣れているマリベルは、動揺することなく——。

「ウィニング様！　足跡!!　足跡がついてます!!」

「え？　……あれっ!?」

マリベルが指さす先を見て、ウィニングも驚愕《きょうがく》する。

ウィニングが走ってきた地面は激しく抉れていた。

それはまさに、マリベルが領民に見せられた魔物の足跡と全く同じ形をしている。

「気をつけてくださいね。ウィニング様が走ると災害みたいになるんですから。……新種の魔物が出たと勘違いされてましたよ」

「……すみません」

ウィニングが申し訳なさそうに視線を下げた。

灰色の髪に白色の服。なるほど、これが魔物の目撃情報に繋《つな》がったのだろうとマリベルは納得した。細長い胴というのは、恐らくウィニングが走った際にできる残像のことだ。

後にこの噂《うわさ》を聞いたウィニングは「俺は……スカイフィッシュだった……？」としばらく混乱する。

この一年半でウィニングは更に速くなった。

より魔法を活用できるようになったというのも理由の一つだが、何より身体《からだ》の成長が大きい。

マリベルも時偶忘れそうになるが、ウィニングはまだ子供である。

成長期は訪れていないが、ただでさえ異様な魔力回路を持つウィニングの場合、些細《ささい》な成長でも劇的な変化に繋がった。筋肉の量は増えたし、脚の長さも伸びている。スタミナだって向上した。それらはウィニングの魔力回路と相乗効果をもたらし、走りを飛躍的に進化させた。

「でも一応、セーブしていたつもりなんですけど……」

「……ウィニング様、自分の脚を見てください」

溜息《ためいき》交じりにマリベルが言う。

言われた通り、自身の足元を見たウィニングは首を傾《かし》げた。

「靴が、消えた……？」

「また壊れて脱げたんでしょう」

ウィニングに履かせていた靴は魔物の素材を惜しみなく使った高価なもので、衝撃を和らげる性能があった。

今まではそれを履いていれば地面を傷つけずに走ることができていたが、どうやらその靴もウィニングの脚力に耐えられなくなったらしい。

靴が壊れても気づかないくらい、《身体強化》を発動した時のウィニングの脚は頑丈だ。

その頑丈な脚で何の対策もせずに走ってしまえば、地面が抉れてしまう。

「替えの靴が必要ですね。うーん……でもこれ以上丈夫なものは中々見つかりませんよ」

既に何足も靴を替えた後だ。

今回の靴だって領内で随一の職人に作ってもらった特注品である。

それ以上のものとなると、少し入手するまで時間がかかるかもしれない。

「領外にいい職人がいないか誰かに聞いてみます。私が戻ってくるまではいつもの瞑想《めいそう》をしててください」

「分かりました」

ウィニングが目を閉じる。

瞑想によるトレーニングは、ウィニングの魔力回路を更に発達させた。

体内に宿る魔力を筋繊維の一本一本にまで浸透させていく。一度魔力が浸透した箇所には、次からより浸透させやすくなり、それを繰り返すほど如実に効果を発揮する。

これが魔力回路を発達させる手順だ。

魔法使いにおける瞑想とは、このトレーニングを指す場合が多い。

魔力回路は身体の成長に伴って開ける数が増える。以前までマリベルはそれを上半身にも回すべきかと検討していたが、今は躊躇《ちゅうちょ》なく下半身に回していいと指導していた。

一分と経《た》たずに、ウィニングは瞑想に集中した。

そんなウィニングに、マリベルは声を掛ける。

「ウィニング様」

「はい？」

返事をするウィニングに——マリベルは杖《つえ》を振った。

刹那、計五十本の《水剣《ウェルス》》が四方八方からウィニングを襲う。

激しい衝撃が地面を揺らした。

水飛沫《みずしぶき》が辺りの木々を濡《ぬ》らす。

全ての《水剣《ウェルス》》が放たれた後……ウィニングの姿は消えていた。

とん、と小さな着地音がマリベルの背後で聞こえる。

マリベルが振り返ると、そこには無傷のウィニングが佇《たたず》んでいた。

「……お見事。ついに不意打ちでも、掠《かす》りさえしなくなりましたね」

「先生のおかげです！」

ウィニングは頭を下げ、瞑想を再開した。

実戦は模擬戦と違って「よーいどん！」では始まらない。大抵、いきなり襲い掛かるか、いきなり襲われるかのどちらかで戦いが始まる。この理由から、マリベルは訓練中でも時折ウィニングに不意打ちを仕掛けることがあった。

しかしウィニングにはもう不意打ちすら通用しない。

ウィニングは、マリベルでさえ倒すことが困難な相手になっていた。

（まだ子供ですが……少し凛々《りり》しくなってきましたね。こうして集中している時は特に大人っぽく見えます）

瞑想するウィニングの横顔を、マリベルはぼんやり眺めた。

一つのことに本気で打ち込む人間というのは、こうもかっこいいのか。

（………もっと一緒にいたいなぁ）

あと半年でお別れだなんて、寂しすぎる。

いつの間にかウィニングに見惚《みと》れていたマリベルは……少ししてから我に返った。

（いけません、いけません……私はなんてことを。ウィニング様はまだ八歳……もうちょっとで九歳ですけど……）

マリベルは美貌の持ち主だが、とにかくエマに対するコンプレックスが強かったため、今まで色恋にかまける暇がなかった。

しかし今、マリベルはそのコンプレックスから解放されつつある。

そして、解放してくれた本人であるウィニングに、少なからず好意を抱いていた。

（ウィニング様が成人する頃、私は三十二歳。…………若返りの魔法とか、ないんでしょうか）

マリベル＝リスグラシュー（22歳）。

恋愛初心者の彼女でも、流石にこの性癖はマズいと分かっているので、悪あがきを画策していた。

＊＊＊

――ちょっと遠出しましょう。

コントレイル子爵領に新種の魔物が潜んでいるかもしれない。

その噂を無事に否定できた頃、マリベルは主従訓練にてウィニングたち三人にそう告げた。

それから二日後。

ウィニングたちは、馬車に乗って大きな街を訪れた。

「ここが、ジャスタウェイ男爵領……っ！」

馬車から降りたウィニングが、目の前に広がる街並みを見て呟く。

綺麗《きれい》な石畳が走りやすそうだった。あと、遠くに大きな鉱山が見える。あの坂道も今度走ってみたい。

新しい街に来ても、ウィニングの頭は走ることでいっぱいだった。

「この中で、男爵領に来たことがある人はいますか？」

マリベルが訊《き》く。

その問いに、ウィニング、ロウレン、シャリィの三人は首を横に振った。

「それならちょっと多めに時間を作って、観光もしましょうか」

「いいんですか？」

ロウレンが訊き返す。

向上心が強いこの少年は、一方で謙虚な姿勢を見せることもあった。

「知らない文化を経験することは、色んな意味で刺激になります。ロウレンさんとシャリィさんは、将来はコントレイル子爵家の家臣として様々な人と外交をするでしょう。そのための勉強と考えてください」

ロウレンとシャリィが気を引き締めて「はい！」と返事した。

実際のところ、半分くらいはストイックなロウレンたちに対する気遣いなわけだが、無事に騙《だま》されてくれた。やはりまだまだ子供だな、とマリベルは微笑《ほほえ》ましい気持ちになる。

「ですがその前に、当初の目的を果たしましょう」

今回は何も観光のためだけに遠出しているわけではない。

「ウィニング様は替えの靴、シャリィさんとロウレンさんは新しい武器の購入ですね。幸い三人とも鍛冶屋で済みますし、すぐに向かっちゃいましょう」

既に鍛冶屋の場所を調べておいたマリベルが、早速、移動を始める。

しかしシャリィは不思議そうに首を傾げた。

「あの、マリベル先生。靴屋には向かわないんですか……？」

「ええ、ウィニング様の靴は実質武器みたいなものなので。それに既製品だと絶対に合いません」

あぁ……とシャリィは納得した素振りを見せる。

ウィニングが今まで幾つもの靴を潰してきたことは、シャリィとロウレンも知っていた。

しばらく歩くと、目的地に着いた。

――鍛冶屋ロッツェル。

堂々たる店構えの鍛冶屋だった。

屋根から長い煙突が伸びており、その先からもくもくと煙が出ている。工房と店を一体化させているようだが、それにしても大きい。

「ジャスタウェイ男爵領には鉱山がありますから、鍛冶の技術なら国内随一と言われています。そして、この店が男爵領で一番大きな鍛冶屋らしいです。……恐らく、ここで目当てのものがなければこの国の他のどの街にもありません」

特にこの鉱山の麓にある都市は、鍛冶の街と呼ばれている。

武具を多用する冒険者や騎士、または鍛冶職人を志す者たちの間では有名だ。

店に入ると、奥の方にいる男がこちらを見た。

手拭いを頭に巻いている職人だ。

「いらっしゃい。ご所望は？」

「この少年に剣を、この少女に杖を、そしてこちらの方には靴をお願いします」

ロウレン、シャリィ、ウィニングの順で、店員は視線を移す。

「靴？　防具用の靴ってことか？」

「ええ。一番丈夫なものを見せていただいてもよろしいですか？」

店の奥から、更に二人の女性が現れる。

こちらは接客専門の店員のようだった。ロウレンとシャリィは、店員に案内される。

残ったウィニングとマリベルは、目の前の男に案内された。

注文が特殊だったのか、男は入り組んだ場所へ向かう。

棚に並んでいる靴を男は手に取った。

「アダマンタイト製の靴だ。……とある貴族の酔狂で作ったもんだ。結局、重たくて履けなかったみたいだが」

足元に置かれたその靴を、ウィニングは履いてみる。

「ウィニング様。どうですか？」

「重さは気になりませんけど、多分、すぐ壊れちゃうと思います」

今までの経験から、ウィニングは答えた。

マリベルは「ですよね」と納得する。

「オリハルコン製の靴とかってあります？」

「子供用の靴でオリハルコンだぁ!?　あるわけねぇだろ、常識を学んでこい！」

「常識が通用しない子供でして……」

マリベルの顔が引《ひ》き攣《つ》っていた。

「うちは確かに妙なものを作る時もあるが、それは大抵そういう依頼を受けているからだ。どうしても欲しいならオーダーメイドで発注してもらうことになるぜ？」

「うーん、最悪それでもいいんですが……」

正直、マリベルにとってウィニングの靴は消耗品だと考えていた。

しかもかなり早めに消耗する。これまでもコントレイル領の職人たちに特注品を作らせていたが、ウィニングはすぐに全てを履き潰してしまった。

いっそ、大量の靴を用意した方が楽かもしれない。

質ではなく数で対処するか……マリベルがそう考えていると、

「あれ、なんですか？」

ウィニングが、店の奥を指さして訊いた。

そこには美しい銀色の甲冑《かっちゅう》が展示されている。至る所に傷や汚れがついているため年季が入っているようだが、それでも目を引く存在感があった。

「あれか？　あれは先代の勇者が使っていた装備一式だ」

「勇者!?」

ウィニングが大きく目を見開く。

「勇者、いるんですか!?」

「いますよ」

「じゃあ魔王も!?」

「はい」

冷静に頷《うなず》くマリベルに、ウィニングは目を輝かせて興奮した。

基本的に走ること以外は興味のないウィニングだが、流石に勇者や魔王といったキーワードには思うところもある。やっぱりここは異世界なんだなぁ、と改めて実感した。

「勇者と魔王は、百年に一度の周期で人類の中から現れます。その紋章は一級を超えており、特級と呼ばれていますね」

つまり勇者と魔王は、どちらも代替わりをしているということだ。

「じゃあやっぱり、勇者と魔王はずっと戦って……」

「いえ、普通に仲がいいですよ」

え？　と首を傾げるウィニングに、マリベルは説明する。

「勇者と魔王が争っていたのは千年くらい前ですかね。……二人の争いは色んなものを巻き込んじゃいますから、最終的にはどちらも迷惑だということになって、勇者と魔王はしばらく全ての国に立ち入れない時期があったんですよ。以来、どの時代の勇者と魔王も争っていません」

「そ、そうなんですね……」

千年前、勇者と魔王は世界規模でハブられたらしい。

いくら勇者と魔王でも、流石に堪《こた》えたようだ。

「……でも、冷静に考えたらその方がいいですね」

「はい。当代の勇者と魔王も、基本的には温厚な方です」

マリベルの説明にウィニングは相槌《あいづち》を打った。

勇者や魔王といったキーワードは、前世では主にゲームや漫画などのフィクションでお馴染《なじ》みだった。しかし、そのイメージに引《ひ》き摺《ず》られてはいけない。

ウィニングは、この世界がフィクションではなく現実であることを再認識する。

「ちなみに、その装備の頑丈さは最高だぜ。ミスリルにダマスカス、それに伏魔龍《ふくまりゅう》と呼ばれる伝説の魔物の髭《ひげ》を使っているからな」

「ですが、あのサイズは大人用ですよね？」

「装備して魔力を通してみな」

言われた通り、マリベルは試しに篭手《こて》を身に着けてみた。

先代勇者は偉丈夫だったと訊く。マリベルは大人だが、それでも篭手のサイズは大きめだった。

しかし、魔力を通してみると……篭手がマリベルの腕に合うサイズへと変化する。

「……なるほど。《変形《デフォルム》》と《錬金《アルケン》》の魔法陣が組み込まれているんですね」

「詳しいな、その通りだ。そいつは魔力を通せば自動的にサイズを調整してくれる。だからサイズは気にしなくていい」

マリベルの隣では、ウィニングが「おぉ～」と感心していた。

初めて見る魔法の道具に興味津々だった。

「ただ、代わりに厄介な性質もある。……なんでもいいから魔法を発動してみな」

マリベルは試しに、《水球《ウォルブ》》を発動した。

水の球体を生み出す簡単な魔法だ。

しかしマリベルの手に現れた水の球体は――思ったよりも小さく、更に形状が不安定だった。

誰がどう見ても発動に失敗している。

だが、マリベルが今更この程度の魔法に手こずるはずはない。

「こ、これは……もしや、魔物の素材が抵抗しているんでしょうか？」

「ああ。その装備に使われた伏魔龍《ふくまりゅう》の素材は、まだ生きている。だから魔法を発動しようとすれば、素材が邪魔して上手《うま》く発動できないんだ」

男は溜息交じりに言った。

「いわば呪われた装備さ。そのせいで当代の勇者も使いこなせず、うちに回ってきたんだ」

「……勇者ですら、使いこなせなかったんですか」

マリベルは納得した様子で篭手を外した。

しかし、すぐに靴の方を手に取って、

「ですが多分、ウィニング様なら大丈夫ですね」

「は？」

男は聞き間違いか？　とでも言わんばかりに目を丸くした。

マリベルは、ウィニングの足元に靴を置く。

＊＊＊

ウィニングはマリベルの言葉を信じ、靴を履いてみた。

（あ、なるほど）

ウィニングは、この装備の秘密を理解した。

伏魔龍《ふくまりゅう》とやらがどんな魔物かは知らないが、確かにこの鎧に使われた素材はまだ生きている。

この鎧の内部には、魔力を通す隙間が――魔力回路が存在した。

感覚としては、両足が一回り大きくなったかのようだ。なら、その拡張された部分にも正しく魔力を通さなければ、魔法は上手く発動できない。

――瞑想。

ウィニングはいつも行っている、魔力回路を開くためのトレーニングを始めた。

足の指先まではいつも通り魔力を通せる。

問題はその先。

鎧の内部にまで、焦らず丁寧に魔力を浸透させていく。

すると――硬くて重たかった靴が、まるで生まれた時から身に着けているかのように、ウィニングの両足にフィットした。

「いけますね」

軽く《身体強化》を発動して、ウィニングは言う。

出力も下がっていない。問題なく使えているはずだ。

「…………マジか」

男は口をポカンと開けて驚いていた。

きっとウィニングなら使いこなせるだろうと思っていたマリベルは、淡々と鞄《かばん》から財布を取り出す。

ウィニングの魔力をコントロールする術《すべ》は凄《すさ》まじい。

伊達《だて》に努力一つで、脚の魔力回路を馬鹿みたいに発達させたわけではない。ウィニングは、マリベルとは比べ物にならないほど己の魔力を繊細に制御できる。

「では、こちらを購入します」

「あ、ああ………でもそいつは値が張るぞ。一応勇者が使っていたものだからな」

「靴と脛《すね》当ての二つのみだと、どのくらいになりますか？」

「二百万メルだな」

「一括で買いましょう」

大量の硬貨が入った袋を取り出したマリベルに、男とウィニングがぎょっとした。

ウィニングもこの世界の貨幣制度は理解している。一メルは凡《およ》そ一円だ。つまり二百万メルとは、二百万円である。

「マリベル先生、いいんですか？　かなり高い買い物ですけど……しかも脛当てまで」

「気にする必要はありません。貴方《あなた》の父君であるフィンド様からは、五百万メルの予算をいただいています」

どうやら支払い自体はフィンドが受け持つらしい。それでも申し訳ない気持ちはあるが、靴がなくて困っているのもまた事実。

ウィニングは父の厚意に甘えることにした。

「似合ってますよ、ウィニング様」

銀色の靴と脛当てを装着したウィニングに、マリベルは本心からの感想を述べた。

「……五十万、まけてやるよ」

ふと、男が溜息交じりに言う。

「そいつを使いこなせる奴《やつ》が現れるとは思わなかったからな、サービスさせてくれ。……そいつは問題こそあるが逸品には違いねぇからな。ずっと埃《ほこり》を被っているそいつを見て、俺は不憫《ふびん》に思ってたんだ。靴と脛当てだけとはいえ、使ってくれてありがとうよ」

頭を下げる男に、ウィニングは戸惑いながらも「こちらこそ」と頭を下げた。

と、その時。店の奥からまた別の男が現れる。

「親方ァ！　ダレンの奴、もう行っちまいましたか!?」

突然現れた青年に、ウィニングたちを案内していた男が振り返って返事をした。

「ああ、もう行ったぞ」

「あいつ、商売道具を忘れてるんすよ！」

そう言って青年が、大きいポーチを見せる。

それを見た男は舌打ちした。

「まいったな……もうとっくに馬車に乗っちまったぞ」

男は後ろ髪を掻《か》きながら溜息を吐《つ》いた。

「あの。俺、届けてきましょうか？」

ウィニングが訊く。

男は不思議そうに首を傾げた。

「届けるって、だからもう馬車は出て――」

「大丈夫です。多分、追いつけます」

自信満々に告げるウィニングに、男は困惑した。

妙に説得力がある……そう思った男は、青年が持っていたポーチをウィニングに差し出す。

「じゃあ……頼む」

「はい！」

ウィニングはポーチを受け取った。

「ウィニング様。荷物を届けた後、そのまま自由に走っていただいても構いませんよ」

「え、ほんとですか!?」

「ええ。ただし夕刻までには戻ってきてくださいね」

「やった――!!　行ってきま――す!!」

ウィニングは嬉《うれ》しそうに店の外に出た。

受け取ったポーチ片手に、馬車が向かった方角を見据える。

そして――次の瞬間。

パンッ！　という大きな音と共に、ウィニングの姿が消えた。

「はっ⁉　消えた⁉　お、おい、あの子供はどこに――っ⁉」

「今頃は門の外ですかねぇ」

ウィニングの速さに慣れているマリベルは、淡々と答えた。

一瞬でウィニングが駆け抜けた地面を見る。

地面は抉れていない。……いい買い物をしたようだ。

「荷物は確実に届けますのでご安心を。間違っても盗んだりはしませんので」

「あ、ああ。いや、そりゃ二百万もぽんと出せる奴が、盗むとは思ってねぇけど……」

男はまだ呆然《ぼうぜん》としていた。

目の前にいた子供が一瞬で消えるという光景は、紛れもなく怪奇現象だ。

少し慣れすぎてしまったか……マリベルは、自分がウィニングの非常識っぷりに毒されていることを自覚する。

「マリベル先生、私たちの方は済みましたが……」

その時、それぞれ武器を選んでいたシャリィとロウレンが、マリベルのもとへやってきた。

「お二人ともいい武器を選びましたね。事前にお渡ししたお金で足りましたか？」

「はい」

シャリィは黄色の杖を、ロウレンは薄青色の剣を購入していた。

どちらも魔物の素材を使ったものだ。子供が使うにしては上等なものだが、二人ともあのウィニングの家臣になるかもしれないと考えたら妥当である。

「あの、ウィニング様はどちらへ？」

シャリィが辺りを見回しながら訊いた。

「人助け……はもう終わっているでしょうね。先程、靴を買ったので、今は試しに辺りを走っていると思います」

「あ……そうなんですね」

「この街に来る途中、ずっと馬車の中でウズウズしていましたから。今日はいつもより走っていませんし、発散したかったんでしょう」

この一年半で、マリベルが一番関わった人物といえば間違いなくウィニングだ。

だからウィニングの気持ちも、なんとなく察することができるようになった。今日は朝からずっと馬車で移動していたため、ウィニングの走りたい欲が高まっていたのだろう。

「ウィニング様が戻ってくるまでは私たちも自由に過ごしましょう。お二人とも、どこか行きたい場所はありますか？」

そんなマリベルの問いに、ロウレンが口を開く。

「そういえば、教科書が欲しいと思っていました」

教科書？　とマリベルが首を傾げる。

「俺とシャリィは十二歳になったら王都の学園に通う予定なんです。だから、今のうちに予習しておこうかと」

「学園、ですか……」

マリベルは自分の学生生活を思い出す。

エマとの実力差を日々思い知らされて、息苦しく感じていたが……学園は貴重な経験の宝庫だ。通って損はないだろう。

「ウィニング様も、学園に通う予定なのですか？」

「いえ……どうやらフィンド様が、まだ保留にしているみたいです」

なるほど、とマリベルは納得する。

恐らく――半年後にウィニングが見せる成果によって判断するつもりだ。

今、ウィニングの目の前には、貴族として生きる道と自由に生きる道が分岐している。

どちらに進むか決めてから、学園について考えるつもりなのだろう。

（もし、無事に自由を得られたとしたら……学園に通うかどうかは、ウィニング様の意思次第ですね）

今頃は清々《すがすが》しい気分で辺りを走り回っているのだろう。

その瞳に、キラキラと輝く炎を灯《とも》して。

あっという間に街の外に出たウィニングは、全力で走ることを楽しんでいた。

一歩進む度に地面から返ってくる震動。風を切って進む感触。荒々しく酸素を求める肺。……全てが前世では味わえなかったものだ。

おまけに今回は、靴を新調した。

前世で靴に拘《こだわ》ったことなんてない。なんなら必要なかったくらいだ。

その分、この世界では靴にも拘っている。

厳密には、拘らないと環境破壊してしまうという事情があるわけだが……先程購入した装備は、鍛冶屋の職人が言った通り文句なしの逸品だった。

(この装備……かなり良い!!)

しかもかっこいい。ウィニングの少年の魂が熱く燃えていた。

銀色の靴と脛当ては、年季が入っているため光りすぎることなく、渋い雰囲気を醸し出していた。まるで幾つもの荒野を駆け抜けてきたかのような、古強者《ふるつわもの》のような存在感を彷彿《ほうふつ》とさせる。

(さて、馬車が向かった方角はこっちであっているはずだけど……あれかな?)

砂塵《さじん》を巻き上げながら走るウィニングは、前方に一台の幌《ほろ》馬車を発見した。

少し加速して、一気に馬車へ近づく。

「すみませ――――ん!!」

ウィニングは馬車に向かって声を掛けた。

しかし馬車に近づくと、何やら物々しい様子で武器を持った男たちが降りてくる。

「警戒しろ！　魔物だッ!?」

「ん？」

武器を持った男たちに、ウィニングは囲まれる。

巻き上がった砂塵が風に流された後、ウィニングは男たちと目が合った。

「各自、武器を構え……あれ、人間？　――――えっ!?　人間っ!?」

何故《なぜ》か凄く驚かれた。

「す、すまない。物凄い勢いで何かが近づいてきたから、てっきり魔物かと……」

「いえ、よく間違われるので大丈夫です」

「……？」

よく間違われる……？　と首を傾げる男。

ウィニングは馬車に近づき、預かったポーチを掲げた。

「ダレンさん、いますか？　お届けものです！」

大きな声で言うと、幌の中から一人の青年が現れる。

「俺が、ダレンだが……あ、それは俺の道具か!?」

「はい。貴方に渡すよう頼まれました」

「助かる！　忘れたことに気づいて困っていたんだ！　……ちょっと待ってくれ。念のため受け取りのサインを渡しておく」

ちゃんと荷物の受け渡しが完了したことを示すために、ダレンは手帳のページを千切ってそこに自分のサインを記した。

「すまねぇ、できれば礼をしたいけど今は何もなくてな」

「あ、じゃあオススメのランニングコースってあります？」

「オススメの……ん……？」

珍しい質問に、青年が首を傾げた。

その時――。

「ここから西に進むと、弧仙崖《こせんがい》と言われる特殊な地形があります」

幌の中から一人の少女が現れる。

長い金髪を、ふわりと風になびかせた美しい少女だった。まだあどけない顔つきだが、その可憐《かれん》さは人間離れしている。街中を歩けば誰もが振り向くほどの整った容姿だった。

少女は、青い空のように澄んだ碧眼《へきがん》でウィニングを見据える。

「いい景色ですし、オススメですよ」

「ありがとうございます！」

ウィングは頭を下げて、すぐに少女が教えてくれた場所へ向かった。

その少女は、誰もが見惚れてしまうほど美しかったが……ウィニングの頭の中では少女よりも走ることが優先された。

＊＊＊

珍しい、と少女は思った。

人々を魅力する美しさを生まれ持った少女は、物心つく頃から多くの視線に曝《さら》されていた。その視線はいつだって粘着質で、こちらが拒絶してもしつこく食い下がってくるものばかりだった。特に初対面の異性からは不快な視線を感じることが多い。

しかし先程の少年は違った。

もはやその少年は、少女のことを見ていなかった。少女のことを見ているようで完全に別のことを考えていた。視線に敏感な少女だからこそ、あの少年が上の空だったことに気づく。

新鮮な気持ちと……ちょっとだけ、モヤモヤした気持ちを抱いた。

視線を鬱陶しいと思ったことは山ほどあるが、いざ全く興味を抱かれていないと、それはそれで複雑である。

「殿下」

幌の中に戻った少女へ、軽装を身に着けた女性が耳打ちした。

「あまり目立たないようにと、お伝えしたはずです」

「ほんの少し言葉を交わしたくらいです。目立ってはないでしょう」

静かに少女は告げる。

「面白そうな方でしたね。……私の周りにいなかったタイプです」

ルドルフ王国の第三王女。

権謀術数が渦巻く王位継承戦争の渦中で生まれ育った彼女は、己の身を守るための武器として、本人の意思とは無関係に引き寄せてしまう視線を利用していた。

少女は、優れた人材を見つけて仲間に引き込む手腕に長《た》けていた。

仲間の質と量。それこそが少女にとっての武器である。

だから少女は、手元にない人材を見つければ、なんとしても手に入れようとする。

――人材収集家《タレント・コレクター》と呼ばれる少女と、ただ走ることしか興味のない少年が、この日、運命の邂逅《かいこう》を果たした。

しかし……少なくともウィニングは、それを全く自覚していなかった。

＊＊＊

「買い物は終わりましたか？」

「は、はい！」

「ありがとうございます」

マリベルの問いに、シャリィとロウレンは首を縦に振る。

書店で購入した教材一式を抱えて満足しているシャリィたちに、マリベルは懐かしい気持ちになる。自分も学園に入る前は、この二人のように未来を思い描きながらワクワクしていたものだ。

……エマと出会ってからは地獄でしかなかったが。

「あとはウィニング様が戻るまでのんびりしていましょうか」

適当に喫茶店に入ってもいいし、広場のベンチで休憩してもいい。

いい場所を探しながら歩いていると、ロウレンがマリベルを見た。

「マリベル先生。ウィニング様は今、どのような訓練をしているんですか？」

「発現量と発現効率をひたすら伸ばしています。……ウィニング様は最初から独学で魔力回路を開いていましたが、細かいところは知識がないと不可能ですからね。そういったところを補いつつ、発現量の向上も図っています」

丁寧に説明するマリベルに、今度はシャリィが疑問を抱いた。

「発現量って、魔孔《まこう》を開くことで伸ばすんですよね？」

「ええ、その通りです」

魔孔とは、体内にある魔力を外に放出するための孔《あな》だ。これは人間に限らず、あらゆる生命に存在する。

魔法を発動する際、身体にある魔孔から魔力が放出され、その後で魔法が形成される。この魔孔が大きく開いていれば、それだけ一度に放出できる魔力も多くなる。つまり発現量の向上に繋がる。

「発現量を伸ばすには、魔法を使い続けることで魔孔をこじ開けなければいけません。それには激痛が伴いますが……ウィニング様は、無意識のうちにやっていたようです」

「……無意識、に？」

「ウィニング様は今まで、魔孔をこじ開ける時の痛みをただの筋肉痛だと勘違いしていたみたいです。流石にそれを聞いた時は私も驚きました」

溜息交じりで告げるマリベルに、シャリィたちは絶句していた。

流石に引いている。ちなみにマリベルも、これを知った直後はドン引きした。

ちなみにウィニングは魔孔の位置も脚部に偏っていた。最初は戸惑っていたマリベルも今はそれを推奨している。

「あとはまあ、魔法を幾つか習得させ、その組み合わせを試したくらいですかね」

「ウィニング様は、魔法の習得が難しいという話では？」

「例外があります。……ウィニング様の問題は、発現量と発現効率が下半身に偏っていることです。そのせいで全身の魔力がアンバランスになり、魔法の発動が困難になっています。しかし逆に言えば、全身を使わない魔法なら問題なく発動できるんですよ。ウィニング様の魔力は全身で捉えればアンバランスでも、下半身だけ見たら完璧なバランスですからね」

「……つまり、全身を駆使する魔法ではなく、脚だけで完結する魔法なら習得しやすいということですか？」

「理解が早いですね」

ロウレンは剣ばかりではなく魔法についても学んでいる。

以前のロウレンならまだピンときていなかっただろうな、とマリベルは思った。

「たとえばウィニング様が使っている《身体強化》……あれは厳密には通常の《身体強化》ではなく、脚のみを強化する高等テクニックです。あれなら全身に魔力を巡らせないので、バランスの問題が解消されます。《身体強化》のように、身体に纏わせる類いの魔法は全て同様のテクニックが存在しますので、ウィニング様でも覚えることができるんです」

ウィニングが既に習得している《吸着《ソープション》》という魔法も、特定の部位……脚のみに効果を与えられる。こういう魔法ならウィニングも覚えられた。

そんな、流麗に説明するマリベルに、シャリィが尊敬の眼差《まなざ》しを向ける。

「どうしました？」

「いえ、その、やっぱりマリベル先生は魔法に詳しくて、凄いなぁって……」

「年季が違いますからね。…………そう、年季が」

何故か溜息を吐くマリベルに、シャリィとロウレンは首を傾げた。

最近、ウィニングのことを意識するようになったせいで、マリベルは年齢のことを過剰に意識するようになってしまった。

仮に若返りの手段を見つけたとして、精神年齢はどうしようか……？

子供たちのキャピキャピしたノリを取り戻さなければならないかもしれない。

マリベル＝リスグラシュー（22歳）、青春時代の純情なきらめきは、いつの間にかその手から零れ落ちていた。

「ところでお二人は、ウィニング様から訓練の内容を聞いてないのですか？」

その問いに、シャリィたちは気まずそうな顔をする。

「えっと、その……」

「……はい」

どうりで色々訊いてくるはずだ、とマリベルは納得した。

ウィニングは、二人に何も伝えていなかったようだ。

その理由は……なんとなく予想できる。

「まあ、ウィニング様は隙あらばどこかを走っていますからね……」

そうなんですよ、とでも言いたげにシャリィとロウレンが一層複雑な顔をした。

（折角《せっかく》、遠出しているわけですし……三人が気兼ねなく話せる時間を作るのもいいですね）

マリベルは若干の責任を感じていた。

この一年半、ウィニングは家族よりもマリベルと一緒に過ごしている。二年後にフィンドを納得させるためにとにかく訓練ばかり積んでいたが、そのせいでシャリィたちとの時間を奪ってしまったのかもしれない。

「率直に訊きますが……お二人は、ウィニング様のことをどう思いますか？」

ウィニングを指導している身として、マリベルは純粋な疑問を子供たちにぶつけた。

「とにかく、凄い人だと思っています」

先に答えたのはロウレンだった。

「ウィニング様はいつだって俺の予想を超えていきます。マリベル先生と初めて会った日の……二人の鬼ごっこを、俺は生涯忘れません」

あの日を境に、ロウレンはウィニングのことを尊敬するようになった。

特定の……本当に限られた分野ではあるが、ウィニングはロウレンの遥《はる》か先に到達していた。あれからロウレンもマリベルの指導によって成長したが、それでもウィニングの速さには絶対に追いつけない。

尊敬に値する。

一体どれほどの研鑽《けんさん》を経て、その境地に至ったのか。

ウィニングの規格外な速さを目にする度に、ロウレンは「自分も頑張らなければ」という気持ちになった。

「私にとって、ウィニング様は……ある意味、憧れの人です」

シャリィも語る。

「ウィニング様は、いつも前向きで、自分のやりたいことを見つめています。……私は気弱で、すぐに落ち込んじゃうので……ウィニング様のことが羨ましいです」

ウィニングはひたすら自由に走り回っているように見えるが、それがただ楽しいだけでないことをシャリィは知っている。

ウィニングはよく転んでいた。偶に領内を走っている姿を見かけたが、その身体が傷だらけになっていたことは少なくない。……当然だ。あれほどの速さ、自分自身でも制御するのは困難だろう。

それでもウィニングは、前を向いて走るのだ。

魔孔の件だってそうだ。

シャリィも、発現量を向上するために魔孔をこじ開けようとした経験がある。

だが、そのあまりの激痛に挫折した。こんな痛みに耐えられる人なんて絶対にいないとすら思った。実際、魔孔を開く訓練は十五歳くらいから行うのが一般的だ。やはり自分にはまだ早いのだろうと諦めていたが――。

ウィニングは、耐えたらしい。

あの痛みを経験した上で、どうしてあんな笑顔でいられるのか……シャリィには信じられないことだった。

凄いと思った。

あの痛みを経験して、それでも前を向き続けられるのだ。

自分も、あんなふうに強くなりたいと思った。

「ウィニング様は、慕われていますね」

マリベルは優しく微笑んだ。

ウィニングは無自覚に二人の心を摑《つか》んでいた。

如何《いか》にもウィニングらしい。

ウィニングは、ただ走っているだけで周りの人たちへ影響を与える。

マリベル自身もその対象だ。

あの日、ウィニングに当てられた熱を忘れることはないだろう。

マリベルが感慨に浸った――その時。

街の外で、大きな音が聞こえた。

「……騒がしいですね」

何かが破壊される音や、人々の悲鳴が聞こえる。

マリベルはシャリィたちを連れて、騒ぎが起きている場所へ向かった。

丁度、焦って逃げている男がいたので、マリベルは声を掛ける。

「どうしました？」

「やべぇ魔物が来たんだ！　すぐに冒険者を呼びに行かねぇと!!」

男は青褪《あおざ》めた顔で事情を話した。

「……トール・アダマスですか」

巨大な亀の魔物だ。その体躯《たいく》は、家二つ分といったところだろうか。

これだけ巨大な魔物がここまで街に近づくのは珍しいが、トール・アダマスは普段その身体を地中に沈め、甲羅を岩や山肌に擬態させる。甲羅の外見から察するに、鉱山の地形に紛れていたのだろう。

「私が対処しましょう」

「は……？　あ、あんたが……？」

「一応、こういう者でして」

そう言ってマリベルはポケットからカードを取り出した。

「え、S級冒険者……っ!?　し、失礼しました！」

男が態度を改める。

シャリィとロウレンも驚いていた。マリベルが冒険者の中でも最上位のS級だなんて、今初めて知った。

世界最強のエマと比べると、S級という肩書きも虚《むな》しいものだ。

そういう理由で敢《あ》えて伝えていなかったマリベルだが、必要とあらば活用する。

「では、離れていてください。他の冒険者は呼ばなくて結構ですよ」

「は、はい！　ありがとうございます！」

男は深々と頭を下げて、去っていった。

シャリィたちは固唾《かたず》を呑《の》んでマリベルを眺める。

しかし、マリベルは杖を握ろうとしなかった。

「では、お二人に任せますね」

「えっ!?」

シャリィたちが驚く。

「実戦訓練です。さあ、早く戦ってください」

マリベルの目は本気だった。

シャリィとロウレンは互いに顔を見合わせるが……やがて頷き、先程購入したばかりの武器を手に取る。

まずはロウレンが魔物に接近した。

無属性魔法《加速《アクセル》》を駆使して、トール・アダマスが反応するよりも早く、ロウレンはその脚に斬りかかった。

しかし——ロウレンの剣は弾《はじ》かれる。

「硬いッ!?」

文句なしの一撃のように見えたが、トール・アダマスは甲羅だけでなく皮膚も硬い。

先程逃げた男が言った通り、厄介な魔物だ。

ロウレンを視認したトール・アダマスは、足踏みを始めた。

地響きがロウレンの体勢を崩す。

「く……っ!?」

「一度、動きを止めます！」

後退するロウレンを見て、シャリィは補助に回る。

「《雷鎖《ラウネ》》ッ!!」

シャリィの杖から、雷の鎖が五つ放たれた。

トール・アダマスは鈍重だ。鎖は容易《たやす》くその巨軀に絡み付いたが——その瞬間、鎖が砕け散る。

「こ、この魔物、雷属性の耐性を持って……っ!?」

魔物の中には、特定の属性に耐性を持つ種類もいる。

シャリィの予想通り、トール・アダマスは雷属性への耐性があった。

トール・アダマスの頭上に土が集まる。

地面から浮き上がった土は、凝縮され、大きな杭《くい》の形に固められた。

「あれは……魔法っ!? シャリィ、盾をッ!!」

「は、はい!! ——《雷障壁《ラウバ》》ッ!!」

トール・アダマスが魔法で土の杭を放った。

ロウレンがシャリィの背後に隠れ、シャリィは正面に雷の壁を作る。

杭と壁が衝突し、バチバチと雷が迸《ほとばし》った。

どうにかトール・アダマスの攻撃は凌《しの》げたが……分が悪い。今の杭を防ぐために魔力を消費しすぎたのか、シャリィは既に息切れしていた。

「厳しそうですね」

「す、すみません……」

マリベルの言葉に、シャリィは悔しそうにする。

しかしマリベルは首を横に振った。

「トール・アダマスはA級の魔物ですから、元々子供が倒すには厳しい相手です。とはいえ、お二人なら数年後には倒せるでしょう」

マリベルが杖を構える。

「これ以上、街の人たちを不安にさせたくはありませんし……あとは私がやります」

マリベルの杖に、水が収束した。

しかし、その直後――。

「……ん？」

大きな音が聞こえた。

見れば遠くから、砂塵を巻き上げながら何かが接近している。

「な、なんでしょうか、あれは……？」

「まさか、新手の魔物か……ッ!?」

シャリィとロウレンが焦る。

しかしその隣で、マリベルは苦笑した。

砂塵を巻き上げるそれは、尋常ではない速度でこちらへ近づき――。


「よいしょ――――――――――――――――ッ!!」


妙な掛け声と共に、トール・アダマスの巨軀を吹っ飛ばした。

それはもう見事な吹っ飛び方だった。あの巨軀が……ロウレンとシャリィでは掠り傷すらつけられなかったあの魔物が、綺麗な放物線を描いて弾き飛ばされた。

トール・アダマスの身体が地面に落ちると、ズドンと地面が激しく揺れる。

身体がひっくり返ってしまったトール・アダマスは、四本の足で必死に藻掻《もが》いているが何もできない。

やがてトール・アダマスは動くことを諦め、四本の足をだらんと伸ばした。

戦闘終了だ。

「えっと……あれ？　取り敢えず轢《ひ》いてみたんですけど、戦ってましたし大丈夫ですよね？」

「……ええ。ありがとうございます、助かりました」

ははは、とマリベルは苦笑する。

いいいい、こんなふうに育てたのはマリベル自身だが……どうか、シャリィとロウレンは凹《へこ》まないでほしいと思う。

この少年は、ちょっとおかしいのだ。

＊＊＊

「ウィニング様は、どうやってそんなに強くなったんですか？」

帰りの馬車の中。

ロウレンは、正面に座るウィニングにそんなことを訊いた。

「え、俺……強い？」

「はい」

不思議そうに尋ねるウィニングに、ロウレンはすぐ頷いた。

その質問は必然だった。なにせウィニングは先程、ロウレンとシャリィでは全く歯が立たなかった魔物を、あっという間に吹っ飛ばしたのだから。

しかしウィニングは、返答に詰まる。

「うーん、別に強くなろうと思ったことはないんだけど……」

ウィニングは少し考えた。

この質問に対する答えは、中々言語化できない。

しかし確実に言えることはあった。

「多分、すぐに二人の方が強くなるよ」

「え？」

「俺は別に、強くなるための努力はしてないからね」

ウィニングはそれを恥じることなく、あっさり告げる。

むむむ？　と難しい顔をするロウレンに、ウィニングの隣で話を聞いていたマリベルは口を開いた。

「ウィニング様の言う通りです。少なくとも、戦うための強さなら、そう遠くないうちにお二人の方が勝るでしょう」

マリベルは、ロウレンとシャリィの二人を見て言った。

「ところで、二人が持っているそれは？」

ウィニングは、ロウレンたちが膝の上に置いている袋を見て訊いた。

袋の隙間からは、本のようなものが見える。

「えっと、これは教材です。私たちは十二歳になったら王都の学園に通いますので、そのために勉強する必要がありまして……」

「学園!?　そっか、学園かぁ……」

シャリィの言葉を聞いて、ウィニングは大袈裟《おおげさ》に反応した。

「あの、ウィニング様は学園へ通いますか？」

「特に決めてないけど、興味はあるね」

その返答に、話を聞いていたマリベルは目を丸くした。

珍しい。いつも走ることしか考えていないウィニングが、学園に興味を示すとは。

「一度でいいから、学校の廊下を走ってみたいと思ってたんだ」

ウィニングは「ふふふ」と怪しい笑みを浮かべて言った。

相変わらず、よく分からない考えだった。

「学園に通うメリットは色々ありますが、なんといっても人と設備です。いい刺激になる人と沢山出会えますし、設備が充実しているので高度な研究もできますからね」

もっとも、マリベルの場合はその刺激が強すぎて挫折してしまったわけだが……。

苦い記憶にはいったん蓋をして、マリベルは続けた。

「王立の学園に通うなら、ウィニング様のような貴族もいると思います。私の通っていた学園にも王女殿下がいましたから、そういう高貴な方と同級生になるかもしれませんね」

権力欲の少ないウィニングにとって、王族や他の貴族との繋がりを積極的に求める理由はない。しかし敬われることにあまり慣れていないウィニングにとって、自分以外にも貴族がいるという環境は過ごしやすいかもしれなかった。

「ううむ……ちょっとイメージと違ったかも」

ウィニングは呟く。

思ったよりも、前世での学校のイメージとはかけ離れていた。良くも悪くも雑多な雰囲気なのだろうと予想していたが、もっと格式を重んじる場なのかもしれない。

「コントレイル家でも、次期当主には王都の学園に通わせる習わしがあったはずです。なので俺たちと一緒に学園へ通う可能性もありますね」

ロウレンが言う。

その言葉を聞いて……ウィニングは複雑な面持ちをした。

「えっと、さ。いきなりでアレなんだけど、二人には言っておきたいことがあって」

ウィニングは、申し訳なさそうに言う。

「実は俺……あんまり領主をやる気はないんだ」

シャリィとロウレンが、微《かす》かに目を見開いた。

「いつか親に直談判《じかだんぱん》しなくちゃいけないと思っているんだけど、まだタイミングを見計らっていて……このままだと弟か妹に全部押しつけちゃう気がするんだよね。でも、そのうち言うつもりなんだ。できれば領主にはなりたくないって」

恐らくレインなら、快く自分の代わりに次期当主を引き受けてくれるだろう……とウィニングは考えている。しかしレインはまだ七歳だ。もう少し成長してからの方がいいと判断していた。

弟のレインも妹のホルンも、領主になりたくないと言うなら、その時は多分熾烈《しれつ》な家族会議が始まるだろう。ウィニングはどうしても走りたいという欲求を抑えられそうにない。その欲求と、領主の仕事を両立する術を模索しなくてはならないかもしれない。

そんなウィニングの気持ちを聞いて、マリベルは敢えて唇を引き結んだ。

今回ばかりは――ウィニングは判断を誤っている。

次期当主の教育が、本来ならどれほど綿密に行われるものなのかを、ウィニングは理解していない。機を窺《うかが》って……なんて悠長な考えでは間に合わないのだ。

事実、ウィニングは既に本人の知らないところで分岐点の前に立たされている。

フィンドとマリベル……この二人だけが、ウィニングの本当の現状を理解していた。

「正直……予想はしていました」

ロウレンが小さな声で言う。

だよねー、とウィニングは思った。

ですよねー、とマリベルも思った。

「俺たちは将来、本格的にコントレイル家に仕えます。だからもし、ウィニング様が領主にならなかった場合……俺たちはウィニング様ではなく、領主になる方に付き従うかもしれません」

そこまで言って、ロウレンは真《ま》っ直《す》ぐウィニングを見据えた。

「でも、だからといって袂《たもと》を分かつつもりはありません。ウィニング様がどのような道を選ぼうと、俺は貴方の支えになりたいと思います」

「わ、私も同じですっ!!」

シャリィも深く頷いて同意を示す。

ウィニングは嬉しそうに笑った。

「ありがとう、二人とも。俺はいい友達を持ったよ」

「友達……ですか?」

「え、違う? 俺が領主じゃなくても一緒にいてくれるなら、友達だと思うんだけど」

そんなウィニングの言葉に、シャリィたちは目を丸くした。

だがやがて、二人とも柔らかく笑む。

「そうですね。……そうかもしれないです」

ウィニングたちは、互いの距離がなんとなく近づいたような気がした。

思えばこの一年半、一緒に主従訓練を受けていたが、初めて本音で語り合った気がする。

「……シーザリオン家の剣術は、どちらかと言えば対人向けです」

ふと、ロウレンが告げる。

「ウィニング様は既に十分強いですが、人間が相手だと上手く戦えないこともあるかと思います。そういう時は是非俺を頼ってください」

よもや人間にあのタックルをくらわせるわけにはいくまい。

あの巨大なトール・アダマスが大きく吹っ飛んだのだ。人の身体だと消し飛んでしまう。

だがロウレンなら、適切な戦い方ができる。気絶させたり、武器だけ弾いたり、殺す以外にも無力化する術が幾つもある。これはウィニングにはない強さだ。

「あ、あの！　私も今、自然とか環境の勉強をしているんです！」

シャリィもロウレンに続いてアピールを始めた。

「警戒しなくちゃいけないのは、人や魔物だけじゃないと思いまして……色んな環境の特徴を勉強して、ウィニング様のお力になりたいと思います！」

ふんす、とシャリィは気合を入れて言った。

「あ、あと！　私、料理もできます!!」

何故か張り切っているシャリィは、とにかく自分の特技をウィニングに伝えた。

「……料理か。そういえば考えてなかったなぁ」

長く走るには補給も大切だ。

言われるまで気づかなかったが、料理の技術は有用かもしれない。

そんなことを考えるうちに、ウィニングはつい頭の片隅に置いていた悩みを吐露した。

「……走ってるとさ、偶に野盗とすれ違うんだよね」

「えっ!?」

ウィニング以外の三人が目を見開いて驚いた。

「まあ、見つけ次第すぐに父上か母上に報告しているし、ちゃんと捕まえたって連絡も来ているから今のところ問題ないんだけど……今日みたいに領地の外に出るとそれも難しいし、そういう時にロウレンがすぐ駆けつけてくれたら助かるかも」

人通りの多い場所を爆走すると迷惑がかかるため、ウィニングは好き勝手走る際、人の気配が少ない場所を選んでいた。そういうところを走っていると、偶に野盗を見かけて驚くことがある。

――実際は野盗の方が驚いているわけだが。

「あと、最近遠くまで走っていると、野盗以外にも変なものを見つけることが多いんだ。この前は黄色い粒子を出しているキノコを見つけたんだけど、あれってもしかしたら食べられたのかな？怪しかったから近づかなかったんだけど……そういうのに詳しい人が傍《そば》にいると、もっと走るのが楽しくなるかも」

家の書架にはサバイバルに関する書物はないし、両親や使用人に訊いても首を傾げられることが多い。君子危うきに近寄らずと言うし、見慣れないものは取り敢えず避けるようにしているが、ひょっとしたら珍味を見逃しているかもしれない。食事の度にわざわざ家まで戻るのも面倒だし、その場で料理できる人がいればより遠くまで走れそうだ。

そんなことを伝えると――何故か二人とも、その目に火を灯していた。

「駆けつけるための体力を今日から鍛えます!!」

「詳細を調べて今日中にお伝えします!!」

ロウレンもシャリィも、やる気を漲《みなぎ》らせて宣言した。

「い、いや、今のはできればの話だし、そこまで真剣じゃなくても……」

そんなウィニングの言葉は届いていなかった。二人は興奮した様子を見せる。

その時、マリベルがこそっとウィニングに耳打ちした。

「ウィニング様がお二人を頼ったのって、もしかしてこれが初めてなんじゃないですか？」

「……あ」

言われてみれば、そうかもしれない。

だから二人とも嬉しそうにしているのだろうか……？

(……そうか。別に、従者として頼らなくてもいいのか)

自分は次期当主で、二人はその従者だから、次期当主として接する時だけ二人を頼ってもいいと思っていた。

でも、友達なら違う。もっと色んなところで頼りにできる。

自分一人では何もできなかったことが、できるようになるかもしれない。

「……頼もしいね、二人とも」

今後も二人とは仲良くしていきたい。

そう思ったウィニングだが――。

「あ、でも俺が学園に行かないと、二人と離ればなれになっちゃうのか」

単純な事実に、気づいた。

現状、ウィニングは学園へ通うことが確定していない。

「うーん……学園には行ってみたいんだけど、何年も通うのはちょっとしんどいなぁ。何か課題が解決できるなら通いたいんだけど……」

前世では脚が不自由だったウィニングだが、学校には通っていた。

だから学校の楽しさだけでなく、煩わしさも知っている。

前世では別に学校が嫌いというわけではなかったが、今世でウィニングは外を走ることの喜びを知った。正直、毎日学園に通うことよりも適当に走り回っていた方が楽しい気がする。

「ウィニング様、課題というのは……？」

「色々あるよ。たとえば水中を走ることかな。水面なら多少走れるようになったんだけど、水の中はまだ無理なんだよね」

「す、水中、ですか……」

シャリィが引き攣った顔をする。

「二人は、何か目標ってある？」

そんなウィニングの問いに、シャリィたちは考えた。

「俺は、武闘祭で優勝したいです」

先にロウレンが答える。

「二代前のシーザリオン家当主……俺の曾祖父《そうそふ》にあたる人物が、王都で開催された武闘祭で優勝したことがあるんです。俺は幼い頃からそれを聞かされて育ったので、恥ずかしながら、いつかは自分もという気持ちを捨てきれません。……学園に通えば同い年のライバルも沢山いますから、いい刺激を得られるかと思っています」

ロウレンは剣の柄《つか》を握り、語った。

ロウレンは物静かというほどではないが、あまり自己主張をしない寡黙な少年である。しかしその胸に秘めている想《おも》いは、純粋で野心的だった。

「私は、その……あるにはあるんですけど、叶《かな》わないので……」

一方、シャリィはどこか困った様子で告げる。

叶わない、とはどういうことだろうか。ウィニングたちが不思議そうにする。

「その……私、空を飛びたいと思っていたんです」

恥ずかしそうに、シャリィは視線を逸《そ》らしながら言った。

「昔、絵本で空を飛ぶ人のお話を読んだことがあって……その影響で、私もいつかあんなふうに空を飛びたいと思っていました。でも、空を飛ぶ魔法は風属性にしかなくて……しかも凄く難しいので、世界でもたった数人しか使えないみたいです」

恥ずかしそうだったシャリィが、やがて悲しそうに視線を落とす。

「学園には凄く大きな図書館があるらしくて、そこで知識をつけたら何か変わるかもしれないと、ちょっとは思っています。……でも正直、もう殆《ほとん》ど諦めています。どのみち、雷属性の私には無理ですし……」

シャリィは寂しそうに語った。

「飛ぶ……飛ぶ、かぁ」

シャリィの話を聞いて、ウィニングが考え込む。

「あのさ、跳ぶじゃ駄目？」

「え？」

「ちょっと馬車から降りてみて」

ウィニングがマリベルに目配せする。

マリベルは、ウィニングの意図は分からなかったが頷いて、御者に馬車を停《と》めるよう伝えた。

「俺の背中に乗ってもらってもいい？」

外に出たウィニングが、その場で屈《かが》む。

「え？　え？」

「大丈夫、怖いことはしないから」

シャリィは戸惑ったが、堂々としているウィニングを信じることにした。

「え、えっと……し、失礼しますっ!!」

シャリィはウィニングの背中にしがみついた。

とても軽い。華奢《きゃしゃ》な身体だなとウィニングは思った。それは前世の、ろくに身体を動かせなくてガリガリに痩せ細っていた自分と同じくらいかもしれない。

だからこそウィニングは知っていた。

これだけ軽い身体にも、大いなる夢を宿すことはできるのだと。

「しっかり摑《つか》まっていて」

「は、はい……っ!!」

シャリィを背負いながら、ウィニングは《身体強化》を発動する。

そして――思いっきり跳躍した。

一瞬の強烈な衝撃。高速で移り変わる景色。

次の瞬間、ウィニングとシャリィは遥か上空にいた。

目と鼻の先に雲がある。

そこには、広々とした空があった。


「わぁ……っ!!」


眼前の光景に、シャリィは目を輝かせた。

「どう？　飛んでいる気分にはなれると思うけど」

「凄いです！　ウィニング様、凄いですっ!!」

シャリィは今までにないほど興奮していた。ウィニングの両肩を叩きながら目を輝かせる。

先程まで自分たちが乗っていた馬車が、足元に小さく見えた。地平線は緩やかに弧を描いており、岩や木がポツポツと粒のように見える。――これが空の景色。これが飛んでいる人間の目線。シャリィが今まで焦がれていたものが、目の前に広がっていた。

「……っと、ごめん。そろそろ落ちそうだ」

空高くまで跳躍していたウィニングが、重力に従って落下する。

全身を浮遊感が包んだが、シャリィは一切悲鳴を上げなかった。それどころか目を見開いて少しでもこの景色を記憶に焼き付けようとしている。

やがて、ウィニングは着地する。

「ウィ、ウィニング様、その、あの……っ!!」

地上に下りても、シャリィの興奮は続いていた。

そんなシャリィに、ウィニングは微笑みながら告げる。

「シャリィ。夢は諦めなくてもいいよ」

そよ風がウィニングの前髪をすくった。

「目を逸らしてもいいし、他のことに夢中になってもいい。でも、偶に向き合って、時間と心を費やしたら、ひょっとしたら思わぬところで叶うかもしれない。それが夢だ」

どこか実感のこもった声で、ウィニングは言った。

「夢は、持ち続けるだけでも楽しいよ」

シャリィの話を聞いて、ウィニングは前世のことを思い出していた。

雷属性だから、空を飛ぶという夢は叶えられない……それはまるで、走りたいけど脚が動かなかった前世の自分のようだった。

でもあの時、もし走ることを諦めていたら——きっとこの世界に生まれた時、自分はそんなに喜ばなかっただろうと思う。

前世で抱いた渇望が、異世界転生という幸運を呼び寄せた……なんて都合のいいことは考えていない。ただ、この世界で初めて走った時の感動は今も胸の奥で輝いていた。あれをなくしてしまうのは勿体《もったい》ない。

前世では、たとえ叶わないと分かっていても走りたいと願っていた。それは歯痒《はがゆ》いことでもあったが、何よりも興奮できる娯楽であり、好奇心と行動力を生み出す種であり、荒《すさ》んだ心を落ち着かせてくれる癒やしでもあった。

わざわざ失わなくてもいい。

それはいつか、自分の中の芯になる。

「……ありがとう、ございます」

シャリィは目尻に涙を溜《た》めて言った。

「ウィニング様、ありがとうございます!! 私、今日のことは絶対に忘れませんっ!! 私もっと頑張ってみます!!」

「うん、応援してる」

叶わないと悟っているシャリィを見て、ウィニングはなんとか力になりたいと思った。そこまで満足してくれたならウィニングも満足である。

二人はマリベルたちが待つ馬車へ戻った。

「いやあ、喜んでくれてよかった。……本当は空中も走れるようになりたいんだけど、まだまだ俺は未熟だよ」

平常運転に戻ったウィニングが、歩きながら言う。

空中も走れたら、シャリィはもっと喜んでくれたはずだ。そんなことを考えた。

「空中を、走る……」

そんなウィニングの呟きを聞いて、シャリィが急に考え込む。

それは、再び湧き上がったシャリィの願いに新たな刺激を与えた。

「ウィニング様……私、何かを閃《ひらめ》いたような気がしますっ！」

「え、ほんと？」

「はいっ!!」

シャリィは満面の笑みで言った。

＊＊＊

コントレイル子爵領に戻った後、シャリィは家に帰り、自室でウィニングが言っていた黄色い粒子を飛散させるキノコについて調べていた。

ウィニングは「後日でいいよ」と言っていたが、やっぱり今日中に調べて報告したい。

だって、そしたらまたウィニング様に会えるし………。

「……えへへ」

ウィニングの背中にしがみついて、目の当たりにしたあの光景。

何度も何度もあの時の光景を思い出し、シャリィはふにゃふにゃした笑みを浮かべていた。

（私も、頑張らなきゃ）

従者として、友達として、彼と肩を並べたい。

ウィニングは明らかに自分よりも努力していた。マリベルから、ウィニングは魔孔を開いているという話を聞いてそれを確信した。

自分はまだ主《あるじ》より頑張っていない。

なのに夢を諦めようとした。

馬鹿みたいだ。目の前に自分より遥かに努力している人がいるのに……まだ自分はそこまで努力していないのに、早々に夢を捨てるなんて。

あの時、主は教えてくれたのだ。

自分はまだ夢を持っていいのだと。

「えへへ……」

「シャリィ」

「はひゃえっ!?」

急に背後から声を掛けられ、シャリィは飛び上がった。

振り返るとそこには母がいた。

「どうしたの、変な顔して」

「どどどど、どうもしてないよ！　そ、それより、何……っ!?」

真っ赤に染まった顔を押さえながらシャリィは訊いた。

すると、母はいつもより神妙な顔で言う。

「すぐにリビングへ来なさい」

いつもとは異なる様子の母に、シャリィは首を傾げながら部屋を出た。

母と二人でリビングに向かうと、そこには見知った来訪者がいた。

「夜分遅くにすみません」

「マリベル先生……？　どうしたんですか？」

「皆さんへ大事なお話があります」

大事な話？　とシャリィは不思議そうな顔をする。

「いずれウィニング様が直面する、分岐点《ターニングポイント》についてです」

マリベルは続けて言った。

「先程、シーザリオン家の方々にも説明してきました。ファレノプシス家の皆さんにも、どうかご理解とご協力をお願いします」

頭を下げるマリベルを、シャリィは目を丸くして見つめた。

マリベルは続ける。

「半年後、ウィニング様は試験を受けます」

「試験……？」

「次期当主という制約から解放されるための試験です」

シャリィは知る。

いつも元気で、純粋なウィニング。そんな彼に待ち受ける、大きな岐路の存在を――。

走りたがりの異世界無双

～毎日走っていたら、いつの間にか世界最速と呼ばれていました～

❋ 四章 ❋

分岐点

ウィニングは九歳になった。

——自由を掴《つか》み取《と》るために、成果を示さなければならない時が来た。

しかし当の本人はまだその件について知らされていないので……ウィニングは今日も伸び伸びと外を爆走していた。

（もう九歳か……時が経《た》つのは早いなぁ）

九歳にはなったが、お誕生日会のようなものはない。

どうやらこの世界では毎年誕生日を祝うような習慣はなく、五歳ごとに祝うらしい。つまりウィニングの次のお誕生日会は十歳になった時だ。

とはいえ、イベントがなくても感慨深さはある。

食事や言語、そして魔法など、前世との違いが多々あった異世界。それが今やすっかり馴染《なじ》んだ。

自分はもうとっくにこの世界の住人なのだと実感する。

（先生の訓練までまだ時間はあるし、もう十周くらいしようかな）

時刻は午前八時。家の庭にて。

マリベルの訓練が始まるまで、あと一時間ある。

「ウィニング様」

その時、名を呼ばれる。

ウィニングが足を止めると豪快な音が鳴り響いた。

振り向けば、そこにはマリベルがいる。

「マリベル先生？　いつもより早いですね」

「ええ。大事な用事がありますので」

マリベルは、いつもより真剣な面持ちでウィニングに告げた。

「ウィニング様、今日の訓練はお休みです」

「え、そうなんですか？」

「はい。今日は試験を行います」

試験？　とウィニングは首を傾《かし》げる。

「ついてきてください」

そう言ってマリベルは、いつも訓練を行っている森へと向かった。

木々の間を、朝の肌寒い風が吹き抜ける。

森の中の開けた場所に到着すると、ウィニングは目を丸くした。

「これは……」

そこには沢山の人が集まっていた。

父フィンド、母メティ、弟レイン、妹ホルン、それに一緒に主従訓練を受けていたロウレンとシャリィ、更にシーザリオン家の当主とファレノプシス家の当主もいる。

「ウィニング。これからお前には、試験を受けてもらう」

父フィンドが、ウィニングに言った。

「この試験に合格したら、お前の自由を許す」

「自由……？」

「貴族の生き方から解放するということだ」

その意味を、ウィニングはすぐに理解した。

コントレイル子爵家の長男として生まれたウィニングは、上品なマナーやハイレベルな教養など、貴族として学ばなければならないことが多い。そういう義務がある。

その義務から、解放されるということは――。

――走ることに集中してもいい。

ぞわり、と身体《からだ》が震えた。

肌が粟立《あわだ》つ。無論これは恐怖なんかではなかった。

武者震いだ。これから、自分にとって理想の生き方を摑み取るためのチャンスが訪れる。

ウィニングにとってはあまりにも唐突なことだったが、驚いている暇はない。これからも貴族として生き続けなければならないのかと悩んでいたウィニングにとっては、待《ま》ち侘《わ》びていた僥倖《ぎょうこう》だった。

「いいん、ですか？　その試験に合格すれば、自由に生きても……？」

「ああ。ただし不合格だった場合、私は明日からお前を次期当主として育てる。マリベル殿の訓練も終わり、お前には領地を経営するための術《すべ》をひたすら学んでもらう」

フィンドの説明を聞いて、ウィニングはマリベルの方を見た。

「マリベル先生は、最初からこのつもりで……？」

「……ええ。二年前から予定していました。ロウレンさんとシャリィさんにも、半年前に伝えています」

半年前――ウィニングが、領主になる気はないと打ち明けた時だ。

あの段階で、マリベルはロウレンたちにもこの試験の存在を伝えたらしい。

なるほど、とウィニングは納得した。

どうりでこの二年間、フィンドからの干渉が少なかったわけだ。以前はもっと貴族らしく振る舞うよう注意されていたが、二年前を境にフィンドはウィニングの振る舞いに口出ししなくなった。

「分かりました。――その試験、受けます」

ウィニングは頷《うなず》いた。

「では、最初の試験だ」

フィンドが隣にいる赤髪の男へ目配せする。

すると、赤髪の男が前に出た。

「ウィニング様、お初にお目にかかります。私はシーザリオン家の当主、ライルズ＝シーザリオンです」

赤髪の男――ライルズは礼儀正しく頭を下げる。

「愚息ロウレンがお世話になりました」

「あ、いえ。こちらこそロウレンにはお世話になっています」

貴族だから大人に頭を下げられることは少なくないが、未《いま》だに慣れない。

ぎこちなく返事をしたウィニングに対し、ライルズは鞘《さや》の剣に手を添えた。

「最初の試験は……私を倒すことです」

＊＊＊

最初の試験は、シーザリオン家の当主であるライルズを倒すこと。

試験の内容を聞いたウィニングは、気になったことを質問した。

「具体的に、どうすれば倒したことになりますか？」

「そうですね。……では、私の剣を破壊したらということにしましょうか」

そう言ってライルズは、鞘から剣を抜いた。

何の変哲もない剣だ。恐らくどこにでもあるような量産型の剣……半年前、ロウレンが購入したものより安価だろう。

ライルズ＝シーザリオンは剣の達人だと聞く。

それ故に手加減しているのか、本来の武器を使っていない。

「ウィニング様。型の習得はどのくらい進んでいますか？」

その時、マリベルが訊《き》いた。

「防の型《アルマ》と技の型《テクト》は完全に習得できました。力の型《フォルス》、速の型《アジリス》は八割くらいです」

「最後の型はどうです？」

「……なんとか、五秒くらいなら使えます」

ウィニングの答えを聞いて、マリベルは「ふむ」と頷いた。

「でしたら多分、大丈夫ですね」

「はい」

ウィニングも同感だった。

相手は剣の達人だが、このルールなら多分……なんとかなる。

「では――始めろ」

フィンドが試験の開始を告げる。

直後、ウィニングは駆けた。

パン！　と大きな音が響き、ウィニングの姿が一瞬にして消える。

ライルズは姿を消したウィニングに驚愕《きょうがく》し、思考の余裕すらなく真横に飛《と》び退《の》いた。

「あれっ!?」

ライルズの剣を奪い取ろうとしたウィニングは、咄嗟《とっさ》に避《よ》けられて声を零《こぼ》す。

一方、我武者羅《がむしゃら》に動いたことで偶然ウィニングの手を避けたライルズは、目を見開いた。

「これほど、とは……ッ!?」

「もう一回行きますよ！」

丁寧に宣言したウィニングは、再び姿を消した。

ライルズも急いで《身体強化》を発動し、剣を構える。

「《透明《クリア》》ッ」

ライルズが唱えた瞬間、その剣が透明になる。

狙いの武器が透明になったことでウィニングは微《かす》かに動きを止めた。

その隙に、ライルズは再び飛び退く。

「見事な速さです。……危うく早々に終わるところでした」

「できれば終わってほしかったです」

「もう暫《しば》し、お付き合い願います」

ふぅ、と小さく息を吐いて、ライルズは心を落ち着かせた。

「ウィニング様、貴方《あなた》は速い。私では追いつけそうにありません」

そう言ってライルズは中腰の姿勢になった。

「ですから……貴方が近づくまで待ちましょう」

ライルズは剣を構えながら、唱える。

「──《加速《アクセル》》」

高速化の魔法が発動された。

身体能力を向上する《身体強化》と違い、《加速《アクセル》》は肉体の速さのみを向上する魔法である。だから膂力《りょりょく》はそのままだ。

ロウレンもよく使う魔法だが──ライルズが発動したそれは、恐ろしく静かで、そして澱《よど》みがなかった。

魔力のコントロールを極めたウィニングだからこそ分かる。ライルズの《加速《アクセル》》は素晴らしい完成度だ。

瞬間的な速度なら今のウィニングにも匹敵するかもしれない。

だが、ライルズはそこから一歩も動かなかった。

迎撃《カウンター》を狙っている。

（一先《ひとま》ず、攻めてみよう）

ウィニングは正面からライルズに近づく――フリをして、背後へ回り込んだ。

ライルズはまだ振り向いていない。

いける！　と思い、手を伸ばした直後――。

「おっ!?」

ライルズは一瞬で振り向いた。

驚くウィニングに対し、ライルズは剣を閃《ひらめ》かせる。

「シーザリオン流剣術――《影柳《かげやなぎ》》」

右薙《な》ぎに振るわれた剣が、唐突に消えた。

刹那、ウィニングは剣が見えた位置とは逆方向に何かを感じる。

直感に従って、ウィニングは頭を下げた。

すると、ウィニングの頭上を剣が通り過ぎる。

「今のを避けますか。……その目、速さに慣れていますね」

しかし危なかった。

シーザリオン流剣術――《影柳《かげやなぎ》》。その剣術は恐らく、剣を切り返す際に刀身を透明にすることで、次の一撃を予測不可能にする太刀《たち》だ。

（……なんで反応されたんだろう？）

ウィニングは落ち着いて考える。

ライルズは高度な《加速《アクセル》》を発動しているが、先程は完全に死角を突いたはずだった。

見れば、ライルズは目を閉じている。

視覚に頼っていない。視覚以外の何かでウィニングの接近を察知し、そしてその瞬間に《加速《アクセル》》による圧倒的な速さで迎撃しているのだ。

味覚ではないだろう。触覚も、触れる前に反応されたので違う。

残るは嗅覚か聴覚か……ウィニングは自分の襟元を摘まんで匂ってみた。多分そんなに酷《ひど》い体臭はしていないと思う。

（……音かな？）

ウィニングは取《と》り敢《あ》えず訊いてみることにした。

「ライルズさん。貴方は今、音に反応しているんですよね？」

「……だとしたら、どうします？」

ライルズは言外に肯定した。

よかった。体臭で反応されているようならショックのあまり降参するところだった。

「だとしたら……これで詰みです」

魔力を練り上げる。

ウィニングの魔法は、全て走るためのものである。

しかしマリベルはこの二年間で、その走るための魔法が様々な形で応用できることに気づいた。

マリベルが試行錯誤した末――ウィニングは五つの走法を手に入れた。
これは、そのうちの一つ。
繊細な走り。
「――《発火・技》《イグニッション・テクト》」
ウィニングの全速力である《発火》《イグニッション》の応用技。
これを使ったウィニングの走りは――今までとは異なる。
刹那、ウィニングは姿を消した。
しかし今までのように音はしない。
「消え、た……？」
ライルズは、ウィニングの気配を完全に見失った。
次の瞬間、ウィニングはライルズの右腕を叩《たた》く。
「な――っ!?」
ライルズの腕から剣が弾《はじ》かれた。
そこで初めて、ライルズはすぐ傍《そば》にウィニングがいると気づいた。
近づかれるまで――全く気づかなかった。
――《発火・技》《イグニッション・テクト》は、無属性魔法の《吸着》《ソープション》と《音無》《サイレンス》を駆使した技である。
無属性魔法《音無》《サイレンス》は、対象の出す音を打ち消す。ウィニングはこれを脚に使うことで足音を消していた。更に《吸着《ソープション》》の吸い付く力による瞬間的な停止と、反発する力による瞬間的な加速によって、旋回能力も大きく向上している。しかも壁や天井まで走ることができる。

今のウィニングは、最高速度こそ下がってしまうが、その代わりに音もなく相手に肉薄できる……いわば熟練の暗殺者のような動きが可能だった。

ウィニングに気配を消す術はない。

しかし、視認できない速度で動き、更に音もしなければ……殆《ほとん》どの者にとって問答無用の不意打ちを繰り出せる。

「ほっ」

驚くライルズを他所《よそ》に、ウィニングは弾かれた剣の刀身を蹴る。

バキン、と音を立てて剣が砕けた。

「……勝負あり」

フィンドは、微かに驚いた様子で試合の決着を告げた。

＊＊＊

最初の試験が終了した後、しばらく誰も口を開けなかった。

ライルズの剣を弾き飛ばした時のウィニングを、視認できた者は一人もいない。

音もなく、影が落ちるよりも速くライルズの懐に潜り込んだウィニングに、観戦していた者たちは畏怖の念を抱いた。

「……強くなったな」

「副産物のようなものですけどね」

フィンドの呟《つぶや》きに、マリベルが補足する。

あくまで走るための技術を応用しているだけだ。

ウィニングは未だに《炎弾《ファイラ》》が使えない。

というより、マリベルはもうウィニングに《炎弾《ファイラ》》を学ばせていない。

フィンドから二年間の自由を許可されたことで、マリベルはウィニングの脚をひたすら強化することにした。結果として、ウィニングは脚部ばかり鍛えてそれ以外を疎《おろそ》かにしている。

この二年でウィニングは、更に走ることに特化した。

その代わり、走ること以外は更にできないようになってしまった。

（まあ……ウィニング様の本当の強さは、こういうことではありませんけど）

口から出そうになったその言葉を、マリベルは心の中だけに留《とど》めた。

あの強さは、言葉だけでは説明することが難しい。

だから、これは最後の試験で示せばいいだろう。

マリベルは沈黙する。

「ウィニング様。次は私がお相手いたします」

次の試験が始まろうとしていた。

ウィニングの前に、栗色《くりいろ》の髪の女性が現れた。

「ファレノプシス家当主、シェイラ＝ファレノプシスです。……お手合わせ、お願いいたします」

＊＊＊

「折角《せっかく》ですし、私の試験も杖《つえ》の破壊にしましょうか」

ウィニングの前に出たシェイラ＝ファレノプシスは、試験の内容を説明した。

「さて……ウィニング様。大人げないことは承知の上で、ちょっとだけ卑怯《ひきょう》なことをさせていただきますよ」

シェイラは木製の杖を両手で持ちながら、目を閉じた。

複数の魔法が発動される。

「今、この杖に色んな強化魔法をかけました。その強度はオリハルコンと同じくらいだと思ってください」

この世界で最も硬い鉱石——オリハルコン。

その強度は凄《すさ》まじく、極細の針でもトール・アダマスを十体近く引きずれるとか。

シェイラはその杖を、地面に置いた。

ウィニングがこれを破壊すれば試験に合格ということらしい。

「ちなみに、貴方が杖の破壊を試みている間、私はそれを妨害します」

そう言ってシェイラは懐から二本目の杖を取り出した。

指揮棒のように細くて短い杖だが、その杖からは不思議な魔力を感じる。多分、上位の魔物を素材にしたものだ。

「そっちの杖を破壊するという試験じゃ駄目だったんですか？」

「別にいいですが……それではライルズさんの時と同じような内容になりますし、ウィニング様も面白くないでしょう？」

「まあ、はい」

シェイラという女性のことが、少しだけ分かってきた。

彼女は遊び心があるようだ。

勝敗のつけ方を指定されたことには何も文句はない。

なにせこれは試験だ。試験の内容は試験官が決めるものである。そしてウィニングはどんな試験だろうと、それを真面目に達成するだけだ。

「では――試験を始めろ」

フィンドが試験の開始を告げる。

直後、ウィニングは動いた。

（まずは杖を確保して……）

杖さえ確保すれば、後はシェイラの目が届かない場所まで移動して、のんびり破壊すればいい。

そう思い、ウィニングは地面に落ちた杖に手を伸ばしたが――。

「重っ!?」

ウィニングは杖を持ち上げることができず、そのまま退いた。

「その杖には重量を増加する魔法もかけています。ウィニング様の腕力では持ち上げられませんよ」

「……用意周到ですね」

「ありがとうございます」

脚力ならともかく腕力には自信がない。

いっそどこかへ蹴飛ばしてやろうか、とウィニングが考えていると――。

「ちなみに、まだ用意していますよ」

「えっ」

次の瞬間、ウィニングの全身を巨大な土の枷《かせ》が縛った。

枷はウィニングの両手ごと身体を縛っており、更に太い鎖が地面と繋《つな》がっているせいで移動も封じられている。

「これは……」

「《土枷《アース・バインド》》という魔法です。オリハルコンほどではありませんが、アダマンタイトくらいの強度はあります」

こちらも中々硬いらしい。

それに重量もあった。《身体強化》を使っていないと立つことすらできない。地面にめり込んでしまいそうだ。

「さて、これでご自慢の脚は使えませんが、如何《いかが》しますか？」

シェイラが試すような目でウィニングを見る。

しかし、ウィニングにはまだ余裕があった。

「このくらいじゃ、俺は止まりませんよ」

「……え」

今度はシェイラの方が驚いた。

シェイラも魔法使いだ。だから分かる。

ウィニングの脚部に、尋常ではない魔力が凝縮していることを――。

「――《発火・力《イグニッション・フォルス》》!!」

それは、力強い走り。

無属性魔法《身体強化》を二重にして発動する《身体強化・二重《デュアル》》に加え、《吸着《ソープション》》の反発力も駆使、そして《重化《ヘビー》》という重量を増加させる魔法も組み合わせることで、とにかく力押しで走り続けることを実現する技である。

肝となるのは《重化《ヘビー》》だ。この魔法はそもそも紙が風で吹き飛ぶことを防いだり、敵の動きを鈍くしたりするために使うものである。自分を対象に発動しては動けなくなってしまう。

だが、ウィニングの常識外れの発現量と発現効率なら、その常識も覆る。

今のウィニングは速度こそ落ちてしまうが、その両足は巨大な鉄塊に等しい質量を宿していた。

そして、その鉄塊を《身体強化・二重《デュアル》》によって強引に動かせば――――。

「こ、これは……ッ!?」

シェイラが焦る。

ウィニングの全身を縛っていた土の枷が、次々とひび割れていった。

「せ――――――のッ!!」

ウィニングが、力強く一歩を踏み出す。

地面に激しく亀裂が走り、観戦していたフィンドたちが驚きながら後退《あとずさ》る。

ウィニングを縛っていた土の枷が、一斉に砕け散った。

「なんて力強さ……まるで、巨人族のようですね……ッ!?」

シェイラは驚愕した。

「ですが、まだ終わりではありませんよ――ッ!!」

シェイラは杖の先端をウィニングに向けた。

砕けた地面から大量の土が浮かび、シェイラの正面に巨大な岩の砲弾が顕現する。

「――《岩石砲《ステルガ》》ッ!!」

岩石の砲弾が射出された。

圧倒的な質量だ。この魔法ならトール・アダマスの巨軀《きょく》に穴を開けることも可能だろう。

だが、遅い。

ウィニングの脚なら、はっきり言って簡単に避けることができる。

しかし……ウィニングはマリベルの視線を感じた。

これはウィニングが自由を得てもいいのか見極めるための試験である。

ならウィニングは、今まで積み上げてきたものを全力でアピールして、フィンドを安心させなくてはならない。

(敢えて、受けよう)

ウィニングは回避を選択しなかった。

シェイラが目を見開く。避けると予想して次の魔法を用意していたのか……それとも、避けると思って魔法の威力を高くしすぎてしまったのか。

いずれにせよ、問題ない。

この程度なら――余裕で防げる。

「――《発火・防《イグニッション・アルマ》》ッ!!」

それは、頑丈な走り。

両脚に《身体強化・二重《デュアル》》をかけ、更に魔力で鎧《よろい》を生み出す無属性魔法《甲冑《アーマー》》を発動。

今のウィニングの脚は、どんな攻撃を受けてもビクともしない。

飛来する岩石の砲弾を、ウィニングは持ち上げた脛《すね》で受け止めた。

轟音《ごうおん》が響く。

砕け散ったのは、ウィニングの脚ではなく――巨大な岩の方だった。

これでもう、ウィニングを妨げるものはない。

ウィニングは瞬時に《発火・力《イグニッション・フォルス》》へ切り替え、杖を踏み潰した。

バキリ、と音を立てて杖がへし折れる。

「……勝負、あり」

フィンドが、戸惑いながら告げた。

「よしっ!!」

二つ目の試験に合格したことで、ウィニングは喜ぶ。

「お見事です……感服いたしました」

シェイラが折れた杖を拾って言った。

「正直、それほどの力があるなら普通に貴族としてもご活躍できそうですね」

「ありがとうございます。でも俺、貴族の仕事には興味がないので……」

「ですよね」

シェイラもライルズも、概《おおむ》ね理解していた。

ウィニングがこれほどの力を手に入れたのは、貴族の長男としての教育を受けていなかったからだということを。

ウィニングは、自由に……好きなように生きることで成長する男だ。

「次が最後の試験だ」

フィンドがウィニングを見て言う。

最後は誰が相手なのか、ウィニングが待っていると——。

「……え」

現れたのは、マリベルだった。

「最終試験です。ウィニング様には——私と戦ってもらいます」

マリベルが杖を構える。

その目は、いつもの模擬戦の時とは違う——本気の目だった。

＊＊＊

「ルールは、気絶した方が負けにしましょう」

「……気絶？」

「ええ。より実戦に近い形です」

マリベルは淡々と告げた。

その杖には、既に魔力が収束している。

いつでも試験を始められるといった様子だ。

「さて……ウィニング様。完全に習得できたのは、防の型《アルマ》と技の型《テクト》の二つだけと言っていましたね」

最初の試験が始まる前の会話について、マリベルは語った。

「お分かりかと思いますが……私を倒すには、最後の型を使うしかありませんよ？」

マリベルが不敵に笑う。

その全身から膨大な魔力が溢《あふ》れ出《で》て、ウィニングの肌が粟立った。

一級の紋章を持つ者は、その体内に凄まじい魔力を保有している。

対峙《たいじ》するだけで、格の違いを感じる。

「試験――開始」

フィンドが合図をした。

瞬間、ウィニングは魔法を発動する。

「《発火・技《イグニッション・テクト》》」

ウィニングとマリベルは、普段から模擬戦をしている。

だからウィニングは理解していた。

小手調べは——不要。

一瞬で姿を消したウィニングは、次の瞬間、音もなくマリベルの背後に立った。

だが同時に、ウィニングの全身が水に包まれる。

（水の、結界……!?）

マリベルは自分ごと巨大な水に包まれていた。

まんまとその内側に入ってしまったウィニングは、身動きが取れない。

「技《テクト》の型では、瞬発力が落ちますね」

マリベルの杖から、水の刀身が伸びた。

この間合いは——。

（やばい——ッ!!）

ウィニングは咄嗟に《発火・防《イグニッション・アルマ》》を発動する。

「聖王流剣術——《甲破乱《こうはらん》》」

それは、刃《やいば》ではなく刀身の腹を相手に叩き付ける技だった。

模擬戦の時に何度か見たことがある。マリベルはその技で、この森にある大木を薙ぎ倒していた。

ウィニングは脛当てを盾にして、マリベルの剣を防ぐ。

刹那、刀身に集っていた魔力が破裂し、ウィニングは大量の水と共に弾き飛ばされた。

「ぐ――っ!?」

「――《雨天槍々《ランシズレイン》》」

息を吐《つ》く暇すらなく、マリベルは追撃する。

遥《はる》か上空に、巨大な水塊が現れた。

その水塊から無数の水が雨のように降り注ぐ。

だが、その雨粒はよく見れば一つ一つが槍《やり》の形をしていた。

ウィニングは急いでその場から離脱する。

数え切れない槍が、広大な森に降り注いだ。

これは――――大魔法だ。

膨大な容量と発現量がなければ成立しない、特別大きな魔法である。

一級の紋章を持つマリベルならではの力だ。

「む、むぅ……これは……っ!?」

「あ、皆様はご安心を。障壁で守っていますので」

驚愕するフィンドの声を聞いて、マリベルは観客たちに告げた。

見ればフィンドたちの周りには水の膜が展開されている。

ちゃんと観客たちの安全にも気を配っていたらしい。

その上で、大魔法を使っている。

（これを避けるのは、大変だ……ッ!!）

ウィニングは再び《発火・技《イグニッション・テクト》》を発動した。

この走りは音を消すだけでなく、小回りの利く動きも可能にする。その分、最高速度は落ちてしまうので使い分ける際は注意しなければならない。

急停止と急加速、そして滑らかな旋回によって槍の一つ一つを回避した。通常時の大雑把《おおざっぱ》な走りでは多分避けきれなかっただろう。

槍が地面を穿《うが》ち続け、四方八方から激しい音が響いた。

絶えることのない地響きと水飛沫《みずしぶき》に、ウィニングが体勢を崩す。

その時。

槍の雨に紛れて――マリベルが近づいてきた。

「《溶解液《ディソリューション》》」

マリベルの杖から飛沫が放たれた。

間一髪で接近してくるマリベルに気づいたウィニングは、急加速してその飛沫を回避する。

放たれた飛沫は、ウィニングの背後にあった樹木にあたり――ジュウ！　と肉の焼けるような音と共にその幹を溶かした。

「っ!?」

モノを溶かす水。

これは、当たると致命傷になりそうだ。

「《霧化《ミスト》》」

マリベルは更に魔法を発動した。

霧を生み出す魔法だ。……視界を妨げるつもりだろうか？

その場でマリベルを観察していたウィニングは、違和感に気づく。

霧が展開された場所から順に……足元の草木が溶けていた。

（ただの霧じゃない……さっきの溶かす液体を霧にしたのか!?）

ウィニングはすぐにその場を離れた。

霧はマリベルを覆っている。このままでは、近づくことすらままならない。

「どうしました？　防戦一方ですね」

マリベルは余裕綽々《しゃくしゃく》といった様子で告げる。

実際、余裕なのだろう。現にウィニングはまだ、マリベルに指一本触れられていない。

「……これが、マリベル先生の本気なんですね」

「ええ。今まではウィニング様に怪我《けが》を負わせないよう、配慮していましたから」

そう言ってマリベルは、杖をウィニングに向けた。

「これは、防の型《アルマ》でも防げませんよ」

杖に収束する魔力の量に気づき、ウィニングは目を見開いた。

大魔法が来る。それも、先程よりも強力な――。

「――《水轟咆哮《ウォルタ・ウォーム》》」

全てを蹴散らす水の砲撃が放たれた。

地面を抉《えぐ》り、風圧だけで木々を薙ぎ倒し、余波だけで消し飛んでしまいそうな威力の魔法だ。

これは確かに防げそうにない。

だからウィニングは、回避に徹することにした。

「――《発火・速《イグニッション・アジリス》》ッ!!」

それは、素早い走り。

ウィニングにとって原点の走りでもある。

脚部の《身体強化・二重《デュアル》》に加えて《吸着《ソープション》》の反発する力、更に《弾性《バウン》》でも反発する力を発生させる。音もするし、細かな方向転換も利かないが、これによってウィニングは圧倒的な速さを実現できた。

力の型《フォルス》と違って地面を強く踏み締めるわけではなく、寧《むし》ろ反発の力を活用するため、ウィニングの走りはさながら低空を舞うかの如く軽やかになる。

ウィニングは、まばたきをする間にマリベルの魔法の範囲外まで逃げた。

「流石《さすが》に、それを使われると追いつけませんね」

水浸しになった森の中心で、マリベルが呟く。

「どうします？　ウィニング様の実力で私を気絶させるなら……刺し違えるくらいの覚悟がいりますよ」

マリベルは一切隙のない佇《たたず》まいでウィニングに告げた。

その言葉を聞いて、ウィニングは少し考える。

（……無理だなぁ）

マリベルは嘘をついている。

ウィニングの実力では、刺し違える覚悟を持ったところでマリベルを気絶させることはできない。

マリベルは、最後の型を使わないとウィニングには勝ち目がないと言っていた。

だが、よくよく考えればそれもおかしい。

だって、最後の型はそもそも……戦わないための型だ。

相手を倒すための力ではない。

「あの、我儘《わがまま》を言っていいですか？」

「何を言いたいのか大体分かりますが、一先ず聞きましょう」

「俺ではマリベル先生を倒せません。試験の内容を変えてもらえませんか？」

降参する前に交渉する。

少なくとも、安易に降参を選べるほど、ウィニングの走りたいという気持ちは弱くなかった。

マリベルはフィンドの顔を見る。

フィンドは首を横に振った。

「駄目です。ルールは変更しません」

流石に都合がよすぎたか、とウィニングは溜息《ためいき》を吐く。

しかし、どうしてマリベルはこのような試験にしたのだろうか。

(マリベル先生は……最初から俺に、合格させないつもりなんだろうか？)

いや――そんなことはないはずだ。

それならわざわざ試験を三つに分けなくても、最初の試験でコレをやればよかったのだ。

だが、この試験でウィニングが勝つことは不可能であることも、きっとマリベルは理解しているだろう。

「《水剣《ウェルス》》」

マリベルが水の剣を大量に放った。

それらをウィニングは、走って避ける。

「――ウィニング」

勝負を観戦していたフィンドが、おもむろに口を開いた。

「お前は、そうやって逃げ続けるのか？」

フィンドは鋭い眼差《まなざ》しをウィニングに注いだ。

「確かにこれは厳しい試験ではある。だが、分かってくれ。私はお前の生き方を縛りたいわけではない。……お前の強さを確かめて、安心したいだけなのだ」

貴族としての責務。

その中に、微かに親心が隠されているようだった。

「父上は、どうしたら安心してくれますか？」

「……お前が、私の目の届かないところにいても無事でいてくれる保証が欲しい」

フィンドは自らの感情を整理するかのように、丁寧に語った。

「ウィニング、お前は貴族の長男だ。家督を継がなくても、たとえば人質にでも取られたらコントレイル家は窮地に追い込まれるだろう」

その通りかもしれない。

既に貴族の長男としてはだいぶ破天荒な生き方をしているウィニングだが、その向こう見ずな行動は、いつか家族や友人に迷惑をかけることになるかもしれない。そこを指摘されるとウィニングには返す言葉がなかった。

「そしてそれは、貴族としてではなく……親としても恐ろしいことだ」

フィンドの口調が柔らかくなった。

下げていた視線を上げる。

フィンドは、優しい目つきでウィニングを見つめていた。

「お前はきっと、自由になったらすぐにでもその足で、私の目の届かないところまで走っていくのだろう。……しかし世界は広い。世の中には、ウィニングが想像できないほどの悪意を持った人間がいるのだ。そういった者と相対しても、無事でいてくれる保証が欲しい」

それは親としての切実で、当たり前の願いだった。

「無茶《むちゃ》を言っている自覚はある。だが、お前はまだ十歳にも満たない子供なのだ。……子離れしていない父を許してくれ」

自由になったウィニングは、きっとすぐに遠くへ行ってしまうから——。

家族の目が届かないところまで、瞬く間に走っていってしまうから——。

せめて、どこにいても無事でいられる強さを持ってほしい。……そんな父のメッセージをウィングは確かに受け取った。

ウィニングの目が潤む。父は、ウィニングが思っている以上の愛情を、ウィニングに注いでいた。

きっと母も同じだろう。一瞬だけ目を向けると、優しい目つきで頷かれた。

だが、自分の覚悟をねじ曲げるわけにはいかない。

親の愛情は確かに受け取った。それを背負った上で——どこまでも走ってやる。

そう決意した時、ウィニングはふと思った。

もしかしたら、父が思っているやり方とは違う方法で、その目的は果たせるかもしれない。

「それは、戦わなくちゃいけませんか？」

ウィニングはフィンドへ問いかけた。

その時、視界の片隅で。

マリベルが——静かに微笑《ほほえ》んだ気がした。

「俺は、戦って勝つことはできないかもしれません。……ですが、父上を安心させることならきっとできます」

そう言って、ウィニングは正面に佇むマリベルを見た。

「マリベル先生、ルールは変更しないんですよね？」

「ええ」

「なら——」

ウィニングの両脚に魔力が集う。

「——マリベル先生は、俺に勝てませんよ？」

＊＊＊

「《水轟咆哮《ウォルタ・ウォーム》》」

マリベルは再び大魔法を繰り出した。

だが、ウィニングが焦ることはない。

圧倒的な大魔法だ。

きっとどんな魔物でも、この魔法をくらえばただでは済まない。たとえ難攻不落を謳《うた》う要塞でも、この魔法を受ければ跡形もなく消し飛ぶだろう。

だが――。

「――《発火・速《イグニッション・アジリス》》」

ウィニングは加速する。

ただそれだけで、マリベルの大魔法を凌《しの》ぐ。

「《水流波《ウォルジェ》》」

マリベルの杖から、大量の水が噴射された。

さながら大地を呑《の》み込む津波の如く、波が押し寄せる。

これで機動力を削《そ》ぐつもりだろう。

しかし何も問題はなかった。

ウィニングは一瞬で百セコルほど移動する。

その魔法は、ここまでは届かない。

「《激流砲《ウォレイラ》》ッ!!」

マリベルが水の砲撃を放つ。

ウィニングの脳天に狙いが定められた、恐ろしく精密な狙撃だった。

しかしウィニングは、砲撃よりも速く動く。

当たらない。……当たるわけがなかった。

――お前は、そうやって逃げ続けるのか。

ウィニングの脳裏を、父から告げられた言葉が過《よぎ》る。

その通り、自分はこれからも逃げ続けるだろう。

何故《なぜ》なら――逃げ続けられるのだから。

「いくらマリベル先生でも、そろそろ魔力が尽きてきたんじゃないですか？」

「……ふふっ、教え子に心配されるとは、私もまだまだですね」

マリベルが小さく笑む。

だが、ウィニングの指摘は正しい。いくら一級の紋章であるマリベルでも、大魔法を連発すれば疲労する。

「私が持つ、最も強力な魔法を使います」

これで決着をつけると言わんばかりに、マリベルは宣言する。

ウィニングの頭上に、渦巻く水が現れた。

その渦は徐々に広がり、ドーム状になってウィニングを囲う。

「――《渦潮の天蓋《ヴォーテクス・ドーム》》」

巨大な渦潮が、少しずつウィニングに迫った。

渦潮は木々を薙ぎ倒し、地面をガリガリと削りながら中心に絞られていた。渦に呑み込まれた岩が砂のように細かく砕かれ、天に昇る。その残酷な渦潮に隙間はなく、四方八方、上空にすら逃げ場はなかった。

しかし、それでもマリベルは知っているはずだ。

この程度の魔法では、ウィニングの足は止まらない。

「――《発火・覇《イグニッション・オーバーロード》》」

それは、妨げられない走り。

全力全開の《身体強化・二重《デュアル》》に加え、《吸着《ソープション》》、《重化《ヘビー》》、《弾性《バウン》》、《甲冑《アーマー》》、更にロウレンやライルズが愛用する《加速《アクセル》》を駆使した技だった。

早い話、他四つの型を全て同時発動した上で、速度も上げているのだ。《重化《ヘビー》》と《甲冑《アーマー》》で耐久性を確保し、欠点となる速度の低下は《弾性《バウン》》と《加速《アクセル》》で補っている。

今のウィニングは、一歩踏み出すだけで激しい衝撃波を放ち、障害物を蹴散らす。

脚部の魔力のコントロールに長《た》けているウィニングでも、これだけ多くの魔法を併用するのは至難の業だった。だから、今の技術では僅か五秒しか維持できない。

それでも、五秒あれば問題なかった。

五秒もあれば――どこへでも行ける。

「せ――――のッ!!」

ウィニングは跳んだ。

次の瞬間、破壊の限りを尽くしていた渦潮に――大きな穴が開いた。

＊＊＊

渦の天蓋がウィニングによって突き破られる。

それはまるで、一筋の流星のように空へ昇った。ウィニングの足から溢れ出す魔力が青空に軌跡を描く。あっという間に、マリベルの射程から離れてしまった。

(最後……手加減されましたね)

ウィニングの速さがあれば、そもそも《渦潮の天蓋《ヴォーテクス・ドーム》》が完成する前に逃げられたはずだ。

敢えて逃げなかったのは、この結果を父親に見せたかったからだろう。

フィンドは、マリベルの絶大な魔法から逃げ延びてみせたウィニングを見て、絶句するほど驚いていた。

「フィンド様。強さとは、何だと思いますか？」

マリベルは、フィンドに尋ねる。

呆気《あっけ》にとられていたフィンドは我に返って考えた。

強さにも様々な種類がある。今回の試験の趣旨は、言ってしまえばウィニングがどのような相手に襲われても無事でいられるかどうかを確かめるためのものだった。

それを踏まえた、強さとは――。

「……戦いに、勝つための力だ」

「私も、以前まではそう思っていました」

マリベルは穏やか声音で言った。

「ですが、世の中には戦わない強さというのもあるみたいです。……正確には、戦う必要のない強さが」

それを、マリベルは見せたかった。

こんな強さが存在するなんて、マリベル自身も己の目で確かめるまでは考えも及ばなかった。だからこればかりは、言葉ではなくその目で確かめてもらう必要があった。

本当は、試験の内容なんて何でもよかったのだ。

この光景を見れば――それで納得してくれるに違いないのだから。

「保証しましょう。ウィニング様なら、どんな災いに巻き込まれてもその脚で逃げられます。ウィニング様が倒せない相手は沢山いますが……ウィニング様を倒せる人は、世界中、どれだけ探しても見つかりません」

マリベルは、フィンドの目を見て言った。

「ですから、どうか認めていただけませんか？　ウィニング様の強さを」

師である身として、マリベルはウィニングのために頭を下げた。

そんなマリベルの言葉を受けて……フィンドは、小さく呼気を吐き出す。

「……そうか。ウィニングは、マリベル殿ですら倒せない男になったか」

空に描かれた魔力の軌跡を、フィンドはぼんやりと眺めた。

フィンドはウィニングと同じく、三級の紋章だった。

だが、ウィニングの真似《まね》はとてもできそうにない。

「本当に、強くなったなぁ」

走りたがりの異世界無双

～毎日走っていたら、いつの間にか世界最速と呼ばれていました～

＊エピローグ＊

三つの試験を経て、ウィニングは無事に自由を許された。

本来なら客も招いて盛大に祝いたいところだが、残念ながらそれは難しい。貴族の長男が、責任を放棄して自由になったことを祝えば、この国の文化を否定しているとも見て取られる。

よって、ウィニングが自由を手に入れたことは、身内だけで祝うことになった。

「では、ウィニングの自由に——乾杯」

試験を行った森にて。

フィンドがグラスを片手に合図すると、大人たちが一斉に酒を飲んだ。

ウィニング、ロウレン、シャリィなどの子供組は果実のジュースを飲む。

参加者は、ウィニングの試験に立ち会った者と、そこに数名の使用人や信頼できる者たちを加えた程度だった。当初は慎《つつ》ましく行う予定だったが、シェイラの夫やライルズの妻などが加わったことで、思ったよりも大所帯となってしまった。

なので、宴会も盛り上がった。

「ウィニング様はぁ、私が育てたんですぅ！」

早々に酔っ払ったマリベルが、天に向かって叫ぶ。

その隣でウィニングは調子を合わせていた。

「ウィニング様は、いつかこの世界に名を轟《とどろ》かせるでしょう！　ですが、そのウィニング様を育てたのは私ぃ……っ！　つまり……私が一番だということですぅ！」

「その通りです！　先生！」

ウィニングが拍手すると、マリベルは「ふふーん」とドヤ顔をした。

「兄上！」

「兄様！」

ウィニングよりも小さな子供たちが、小走りで近づいてくる。

「レイン、ホルン……」

「僕、感動しました！　きっと将来は兄上みたいな魔法使いになってみせます!!」

「私も！　いつか兄様に追いつけるよう、頑張ります!!」

弟と妹に、輝く目を向けられる。

しかしウィニングは、ほんのりと罪悪感を覚えていた。

「レイン、俺のことを恨んでない？　領主の仕事を押しつけちゃったし……」

「微塵《みじん》も恨んでいません！」

ウィニングの不安を他所《よそ》に、レインは即答した。

「今まで言えませんでしたが、僕は領主になりたかったんです。だから兄上の提案は僕にとっても魅力的でした。領主の仕事は……コントレイル子爵領のことは、僕に任せてください」

「……そっか。じゃあ任せようかな」

「はい！　どうやったら兄上から領主の座を奪えるかずっと計画を練っていましたが、おかげで実行せずに済みました！」

「えっ」

レインはキラキラと目を輝かせながら、物騒な発言をした。

ひょっとすると、自分は毒を盛られる寸前だったのだろうか？

これからは、もう少し兄妹ともコミュニケーションを取ろう……ウィニングはそう心に決めた。

「……さて」

宴会も十分盛り上がっている。

肌寒い夜風を浴びていると、軽く身体《からだ》を動かしたくなってきた。

「ウィニング、どこかへ行くのか？」

ウズウズしているウィニングに、フィンドが声を掛ける。

伊達《だて》に父親ではない。見ただけでウィニングの気持ちが分かったようだ。

「ちょっと適当に走ってこようかと」

「……試験で散々動いただろう。今日くらいは休んだらどうだ？」

「いえ、今日はまだいつもより走っていませんし、領内をあと二十周くらいしたいです!!」

ウィニングが答えると、フィンドは「そ、そうか……」と若干引く。

フィンドは咳払《せきばら》いし、話題を切り替えた。

「ウィニング。実はお前に、渡したいものがある」

「渡したいものですか？」

「ああ。……この森を、正式にウィニングのものにしよう」

「えっ!?」

想像以上に規模の大きなプレゼントに、ウィニングは驚愕《きょうがく》した。

「元々この森は、社交界で狩りを楽しむための場所だったんだ。ところが十年前、ジャスタウェイ男爵領の方により立地のいい森があると分かってな、狩りはそちらで行われるようになった。……この森は今も手入れだけはしているが、使い道はない。だからウィニングが存分に走り回ってもいい場所にしよう」

「ありがとうございます!!　凄《すご》く嬉《うれ》しいです!!」

そういえば聞いたことがある。この森に生える木は加工も難しく、かといって野放しにするとどんどん広がってしまうため手入れが面倒だったとか。

「今までは借りものだったので色々考えていましたが、これからは地面の状態とかも気にしなくていいってことですよね!?」

「あ、ああ。ウィニングの判断に任せる。でも音にだけは気をつけてくれ。近所迷惑だから」

「分かりましたっ!!」

フィンドの顔が若干引《ひ》き攣《つ》った。

既に嫌な予感がしているのだろう。

――その予感は当たっていた。

マリベルの訓練によってみるみる成長したウィニングだが、環境に配慮した結果、速度に制限をかけて走ることが多かった。ウィニングが速くなればなるほど、より制限も厳しくしなくてはならなかった。

早い話、手加減していたのだ……今までは。

だが、この森に関してはもう加減しなくてもいいらしい。

だからウィニングは、思いっきり――全力で走ることにした。

「――行ってきます!!」

ドン! と大きな音と共に、地面に巨大なクレーターが生まれる。

その瞬間、ウィニングは姿を消し――地面を激しく抉《えぐ》りながら走り出した。

「お、おぉ……凄《すさ》まじい、な……」

「……まるで、走る災害ね」

フィンドとメティが、顔を引き攣らせる。

騒音対策のため《音無《サイレンス》》を使っているのだろう。それでも音が漏れており、ズガガガと地面の削られていく音が辺りに響く。先代勇者の靴と脛当《すねあ》てはちゃんと装備しているはずだが、それでも衝撃を受け止めきれていない。

……ある日。

この日を境に、コントレイル子爵領の森では不思議な光景が見られるようになる。

木々を薙《な》ぎ倒《たお》し、地面を抉りながら進む嵐。それは確かに走る災害と言っても過言ではなかった。

ウィニングが走ることによって生じるその嵐を見て、誰かが言った。


――ウィニング・ラン。

走る災害――ウィニング・ラン。
その名はやがて、世界中に轟くことになる。

＊＊＊

（いい風だ……こういう時に走ると、最高に気持ちいい！）

外を走りながら、ウィニングは清々《すがすが》しい気分に浸っていた。

（これからどうしようか。……ロウレンたちが学園に行くなら、俺も見学くらいはしてみようかな。折角《せっかく》だから領地の外に出て、もっと色んなところを走ってみたい）

前世ではインドアな生活を強いられていたため、その反動もある。

晴れて自由の身となったウィニングだが、その自由を持て余すようなことは今のところなさそうだった。やりたいことは無限にある。

「……ん？」

ふと、違和感を覚える。

ウィニングは足を止めて意識を集中させた。

（なんだろう、これ？　……俺以外にも強化魔法を使ってる？）

練り上げられた魔力を感じる。

恐らくこれは《身体強化》。しかも凄まじい練度だ。

ウィニングはこと下半身の《身体強化》ならかなりの練度だが――今感じている魔力は、ウィニングのそれを遥《はる》かに凌駕《りょうが》していた。

（共鳴、できるかも……）

以前、マリベルが試していたことを思い出す。

他者と同一の魔法を重ねることで、双方の魔法を強化する技術……それが共鳴だ。

どういうわけか、ウィニングは今感じている《身体強化》の気配が、とても身近なものだと感じていた。この距離なら、きっと共鳴できる。

ウィニングは更に集中して、共鳴を試みた。

自分の《身体強化》を、どこかから感じる別の《身体強化》に重ね、双方向の繋《つな》がりを作ろうとする。

刹那――。

「――――あ」

ウィニングはすぐに共鳴を解いた。

驚きのあまり、地面に尻餅をつく。

「……………これ、駄目なやつか」

結論から言うと、共鳴はできた。

だがその瞬間、凄まじい力が逆流してきた。

恐ろしい感覚だ。

これは今の自分には制御しきれない。あと少しでも共鳴を維持していたら、身体が内側から破裂するところだった。

「うーん、でも今の出力の上がりよう……捨てるには勿体《もったい》なすぎる」

練習したら制御できるようになるだろうか。

共鳴で上昇する出力は、精々一・五倍から二倍くらいのはずだが、今回の共鳴は下手したら十倍近く上昇しそうだった。

何が起きるか分からない。

だが制御できるなら、自分の走りはより劇的に進化するはずだ。

それにしても――気になる。

「…………俺は今、誰と共鳴したんだろう……？」

ウィニング＝コントレイル
Winning
Contrail

Maribel
Lysgracieux
マリベル＝リスグラシュー

ロウレン＝シーザリオン
Lauren
Cesarion

シャリィ＝ファレノプシス
Shary
Phalaenopsis

フィンド＝コントレイル
Fynd
Contrail

MFブックス

走りたがりの異世界無双 ～毎日走っていたら、いつの間にか世界最速と呼ばれていました～ 1

2023年3月25日　初版第一刷発行

著者　坂石遊作
発行者　山下直久
発行　株式会社KADOKAWA
〒102-8177　東京都千代田区富士見2-13-3
0570-002-301（ナビダイヤル）
印刷・製本　株式会社広済堂ネクスト

ISBN 978-4-04-682196-6 C0093

担当編集　並木勇樹
ブックデザイン　AFTERGLOW
デザインフォーマット　ragtime
イラスト　諏訪真弘

本書は、2021年から2022年に「カクヨム」（https://kakuyomu.jp/）で実施された「第7回カクヨムWeb小説コンテスト」で特別賞（異世界ファンタジー部門）を受賞した「走りたがりの異世界無双 ～毎日走っていたら、いつの間にか『世界最速』と呼ばれて色んな権力者に囲まれる件～」を加筆修正したものです。

この作品はフィクションです。実在の人物・団体・事件・地名・名称等とは一切関係ありません。

「こぼれ話」の内容は、
あとがきだったり
ショートストーリーだったり、
タイトルによってさまざまです。
読んでみてのお楽しみ！

アンケートに答えて著者書き下ろし「こぼれ話」を読もう！

よりよい本作りのため、
読者の皆様のご意見を参考にさせて頂きたく、
アンケートを実施しております。

奥付掲載の二次元コード（またはURL）にお手持ちの端末でアクセス。

↓

奥付掲載のパスワードを入力すると、アンケートページが開きます。

↓

アンケートにご協力頂きますと、著者書き下ろしの「こぼれ話」がWEBで読めます。

- PC・スマートフォンに対応しております（一部対応していない機種もございます）。
- サイトにアクセスする際や、登録・メール送信時にかかる通信費はご負担ください。
- やむを得ない事情により公開を中断・終了する場合があります。